Meine Freunde auf vier Pfoten
Teil 3
Hunde- und Samtpfoten-Story

Ellen Rot

Alle Rechte der Verbreitung obliegen der Autorin Ellen Rot. Nachdruck und sämtliche Weiterverwendung (Film, Funk, Interviews, Fernsehen, fotomechanische Wiedergabe, Tonträger, elektronische Datenträger) – auch auszugsweise – Nachdrucke/ Kopien und/oder Interpretation meiner Texte nur mit ausdrücklicher Genehmigung der Autorin.

Bibliografische Information der Deutschen Nationalbibliothek: Die Deutsche Nationalbibliothek verzeichnet diese Publikation in der Deutschen Nationalbibliografie; detaillierte bibliografische Daten sind im Internet über http://dnb.de abrufbar.

© 2015 Ellen Rot

Ein herzliches Dankeschön für die Spende geht an Cover Bilder:
https://www.facebook.com/Tierportraits-Helga-Fiedler-142694749221340/
Die Cover - Bilder unterliegen dem Urheberrecht von ©Helga Fiedler.

Lektorat, Korrektorat & Buchlayout: Lektorat Buchstabenpuzzle Bianca Karwatt www.lektorat-buchstabenpuzzle.de

Herstellung und Verlag: BoD – Books on Demand, Norderstedt
ISBN: 978-3-7431-2428-8

Meine Freunde auf vier Pfoten
Teil 3
Hunde- und Samtpfoten-Story

Ellen Rot

Inhalt

Inhalt 5
Prolog 7
Auswandern mit Haustieren 8
Flughafen 20
Der Tag erste Tag 33
Heimisch werden 38
Ein Straßenhund kommt 54
Wir nennen ihn Jacky 72
Bonita, Joya, Jacky 80
Jackys Lehrstunden 85
Jacky, die Elster 92
Der Kokosnuss-Hund 97
Der Phantom-Jäger 101
Hunde - Strandgang 105
Diverse Erfahrungen 108
Joya und die Tarantel 110
Die Wespen-Attacke 114
Zecken-Alarm und anderes 118
Der Sonnenbrillen-Hund 130
Der Überbiss-Hund 134
Der Transport von Straßenhunden 138
Ein übler Tag bei den Straßenhunden 144
Unser Trio allein zu Hause 160
Ein trauriger Tag 167

Gerettete Welpen. 170
Sie nennen uns Engel der herrenlosen Tiere 174
Intelligente Spiele aus Holz...................................... 181
Ein Spiel für das Trio.. 189
Waschtag der Hunde 195
Katzen im Garten.. 204
Hunde-Leckerlis selbst gemacht 209
Nachtrag... 217
Über die Autorin... 220

Prolog

Ellen Rot nimmt Sie auch im dritten Teil mit und zeigt Ihnen, was sie alles mit ihren Katzen und Hunden erlebt.

Mit den eigenen Vierbeiner, die ihr mit etlichen Überraschungen aufwarten.

Ein Dasein ohne Tiere? Wo wäre die Welt jetzt?

Die Natur kann ohne Menschen auskommen, doch der Mensch niemals ohne die Natur.

Auswandern mit Haustieren

Was nun alles auf uns zukommt? Ich recherchiere, was für uns und die Haustiere notwendig ist. Damit wir ohne Probleme in die Dominikanische Republik einreisen können.

Formulare drucke ich und fülle diese vorab aus, um Zeit zu sparen. Vieles müssen wir aber direkt in Bern auf der Dominikanischen Botschaft erledigen. Wie zeitaufwendig, umständlich und kostspielig das alles für uns ist, merken wir erst Wochen später.

Pässe müssen erneuert werden. Nicht nur für die Tiere, nein, auch von uns erwartet man Gesundheitszeugnisse, dazu noch beglaubigte Kopien der Geburtsurkunden, polizeiliche Führungszeugnisse und einiges mehr. Eine Lauferei von Pontius bis Pilatus ...

Bonita, Joya und Tiger müssen zum Tierarzt. Zum Glück haben die Hunde sowie Kater Tiger einen internationalen Impfausweis und bekamen schon vor langer Zeit einen Chip. Doch im Ausland werden noch einige andere Impfungen verlangt, also müssen alle nachgeimpft werden. Das diese aber nicht länger als drei Monate alt sein dürfen, erschwert unser Unterfangen. Ein Bluttest muss auch gemacht werden, unsere

Haustiere könnten ja schwerwiegende Krankheiten, Parasiten und Bakterien in die Karibik schmuggeln.

Hundeboxen müssen besorgt werden. Die Schweizer Vorschriften fordern, dass die Flugtransportbox so groß sein muss, dass der Hund bequem darin sitzen und liegen kann. Wir haben große Hunde, also müssen wir zwei solcher Ungetüme kaufen. Wo diese gekauft werden, ist sofort klar. Moni`s Hunde-und Katzenstübli in Laupen.

Anderntags machen wir uns mit Bonita und Joya auf den Weg zur Anprobe, wie es mein Partner ausdrückt. Monika erwartet uns schon, denn sie ist gespannt, wann wir losfliegen. Sie hat für uns die richtigen Kunststoff-Flugboxen im Geschäft.

»Jetzt müssen die Hunde sich in die Box setzen. Geht das? Wir müssen doch sehen, ob die Größe stimmt«, erklärt uns Monika.

Wer jetzt glaubt, das sei einfach, der täuscht sich. Weder Joya noch Bonita machen anstalten, sich in die Box zu setzen. Im Gegenteil. Was die beiden Vierbeiner mehr anzieht, sind die diversen Futtersäcke im hinteren Teil des Ladens. So wird an der Leine gerissen, gerupft, gewinselt, als hätten die beiden eine Fastenkur von vier Wochen hinter sich. Kein Zureden hilft. Wenn nicht das Futter spannend ist, dann die vielen Bälle, Gummitiere und die Kauknochen. Eine

Zauberformel muss her, denke ich mir. Okay, die zwei haben mich ordentlich nach Hundemanier bearbeitet. Ich kaufe für die beiden Vierbeiner einen Kauknochen. Klar, dass mir nun Bonita und Joya aufs Wort gehorchen ... Beide müssen sich neben eine Box setzen, ich halte den Kauknochen in die Höhe. Mein Partner beginnt nun in aller Gemütsruhe, mit einem Meterband, die Hunde und die Boxen abzumessen. Erst als er die genauen Maße hat, bekommen die Hunde ihren Pansenknochen. Die Schweinerei, die sie im Geschäft hinterlassen, sehen wir erst, als wir an der Kasse stehen, um die Rechnung zu begleichen.

Die Boxen müssen nur noch in meinen Wagen. Toll, dass wir daran gedacht haben ... In meinem Wagen haben die Kunststoffboxen keinen Platz, da ich im Kofferraum die Abtrennung für die Zwei habe. Genau nach der Schweizer Vorschrift für Automobilisten mit Hunden. Super. Und jetzt?

Es bleibt uns nichts anderes übrig, als nach Hause zu fahren. Daheim, die Vierbeiner ins Haus, Wagen tauschen und wieder zurück nach Laupen. Ja, ja, wer nicht Kopf hat, hat genügend Benzin und Zeit, den Weg zweimal zu fahren ...

Im Auto von meinem Partner bringen wir die Behältnisse aber auch nur mit Tricks unter. Die Boxen auseinanderschrauben, im Kofferraum aufstapeln, Heckklappe mit einem Seil an der Stoßstange festzurren.

Rasch fahren wir nach Hause und wollen unter keinen Umständen auf eine Polizeistreife treffen. Wir haben Glück und kommen unbescholten Daheim an. Die Ungetüme werden ausgeladen und ins Haus geschafft.

Ober - und -Unterteile werden nicht zusammengeschraubt, die unteren Bodenteile stellen wir erst einmal auf die Schlafplätze der beiden Vierbeiner. Ich suche zwei weiche, nicht rutschende Matten, lege diese hinein. Bonita und Joya beobachten uns neugierig. Wir lassen die beiden gewähren und warten einfach nur ab, was geschieht. Der Kunststoffgeruch der neuen Flugboxen ist wohl für deren Spürnasen sehr unangenehm. Nun heißt es weiter abwarten, schauen, wie sie reagieren.

Die Hunde müssen sich an die Box gewöhnen. Das wird einige Zeit in Anspruch nehmen. Sie sträuben sich nach wie vor.

Bonita und Joya spüren, dass da etwas auf sie zukommt. Der Tagesablauf plötzlich einen anderen Verlauf nimmt. Wir sind öfters alleine unterwegs, das passt weder Bonita noch Joya. Kater Tiger sitzt der Schalk im Nacken. Sind Frauchen und Herrchen aus dem Haus, da tanzen die Vierbeiner ... Er stiftet Bonita und Joya wohl an, bei den verschiedenen Streichen mitzumachen. Wie die Bande im Haus herumtobt, wenn wir außer Haus sind?

Oft kommen wir müde, von der Hetzerei durch die Stadt, nach Hause und treffen auf ein Chaos, dass uns die Sprache verschlägt. Angekaute Zierkissen auf dem Boden, Reinigungsschwämme in winzige Schaumstoffteile zerkleinert und angeknabberte Abwaschbürsten liegen in der Küche auf den Fliesen. Wer diese aus dem Abwaschtrog geklaut hat, ist uns egal ...

Papiertüten und Tageszeitungen zu Konfetti verarbeitet. Spielmäuse aus Kunstfell liegen zerfleddert im Wohnzimmer herum. Stofftiere, die Joya immer vorsichtig herumgetragen hat, sind mit großen Löchern versehen. Kunstfellbären, deren Ohren angerissen wurden.

»Was ist bloß mit unseren Hunden und dem Tiger los? Sind die durchgeknallt? Kann es sein, dass die Haustiere merken, dass wir bald mit ihnen umziehen? Oder sind die drei einfach nur böse auf uns, da wir weniger Zeit mit ihnen verbringen«, fragt mich mein Partner, als wir wieder einmal von Bern nach Hause gekommen sind.

Von jenen Tagen an verhalten sich weder Hund noch Katz nicht wie üblich, nein, wir Ernährer können uns nicht mehr frei im Haus bewegen. Ob zur Dusche, Toilette oder sonst wohin, immer ist der Begleitschutz zur

Stelle. Es wird schon richtig lästig, dieser Verfolgungswahn.

Nachts, wenn ich in die Küche möchte, um etwas zu naschen, stolpere ich einige Male über die Hunde. Die unruhig vor unserer Schlafzimmertüre vor sich hin schnarchen. Nie zuvor waren die Hunde in der oberen Etage vom Haus. Das wir nun auch in unserem ganz privaten Bereich durch diese Bodyguards bewacht werden, ist uns neu.

Mein Partner und ich sind beide nervöser als sonst. Die Rennerei, die Zeit, die uns davon eilt, immer mit der inneren Angst, dass etwas nicht klappen könnte ...

Das merken auch die beiden Hunde Bonita und Joya.

Wie jedermann weiß, benehmen sich zumal kleine Kinder, wenn Besuch kommt, am unmöglichsten. So ist das auch mit den Vierbeinern. Tiger, der sich immer wieder so in Szene setzt, dass ich oft nur mit viel Glück nicht hinfalle. Bonita und Joya, die sich mit Tiger mehr und mehr verbünden. Die Vierbeiner unsere Kommandos urplötzlich nicht verstehen. So, als würden wir für die beiden eine Fremdsprache sprechen. Sie hören uns einfach nicht mehr. Sie können weder ›Platz‹, ›Sitz‹, ›Bleib‹. Es scheint, als hätten die beiden auf einmal alles vergessen, was ich ihnen mühsam beigebracht habe.

Toll, und nun? Darf ich mit der Erziehung von vorne beginnen? Ein weiteres Mal in die Hundeschule mit den Rackern? Oder soll ich die Marotten der ›Mädels‹ einfach übersehen?

»Es wird eine Trotzreaktion sein, dass wir nun mehr alleine unterwegs sind«, beruhigt mein Partner mich immer wieder.

»Ich muss mich wieder mehr um sie kümmern«, gebe ich geknickt zur Antwort. Ich sehe es ein, sie kamen in den letzten Wochen wirklich viel zu kurz. Eine Golden Retriever-Hündin und eine Bernersennen-Hündin, die brauchen Beschäftigung und Auslauf. Da reicht eine halbe Stunde laufen, am Tag bei Weitem nicht aus.

Tage später versuche ich, Bonita und Joya dazu zu bringen, ihre Angst vor der Box zu verlieren. Drapiere Leckerlis in jede einzelne Box mit dem Kommando:

»Suchen, suchen.«

Sind die beiden mutig genug? Lockt die Köstlichkeit sie in die Unterteile der Boxen? Ja. Die Zwei, angelockt vom Duft der Leckerlis, suchen und finden. Sie schnappen sich die Köstlichkeit und zack verschwinden sie wieder in die hinterste Ecke vom Wohnzimmer.

Abends versuche ich, Bonita und Joya in der Box zu füttern. Wer jetzt denkt, das sei die Lösung, der irrt gewaltig. Ein Gedankenblitz könnte die Rettung sein.

Warum versuche ich es nicht auf dieselbe Weise, wie damals mit der Autotransport-Box? So setze ich mich, mit meinem reich gefüllten Teller, in die Box von Bonita. Das Ragout, die Nudeln und das Gemüse müssen ein magisches Aroma im Wohnraum verströmt haben. Wie mich die beiden Hunde nun anschauen. Klagend? Jammernd? Fragend? Ich esse ungeniert und schmatze dabei laut. Dass es für mich überhaupt nicht bequem ist, im Schneidersitz in dem beengenden Behältnis zu essen, versteht sich von selbst. Meine Ellenbogen stoßen bei jedem Bissen an die Kanten vom offenen Unterteil der Box. Langsam stoße ich an meine Grenzen. Mein Geduldsfaden wird dünner und dünner. Ich könnte mich schräg hineinsetzen, doch dann sehe ich die Reaktion der Hunde nicht. Ich harre so fünf Minuten aus und schmatze so laut, dass ich wohl in jeder Kneipe ein Hausverbot bekäme.

Doch genau das hilft. Bonita kommt immer näher und näher. Verfressen wie sie ist, möchte sie doch etwas von meinem Essen abbekommen. Jetzt möchte auch sie in die Box. Au, Backe, das wird eng, denke ich mir. Ich kann nicht fertig denken, da fällt mir schon der Teller aus der Hand … Prost Mahlzeit, die noch warmen Speisenreste landen auf meinen Hosen. Wo denn auch sonst. Und Bonita? Sie leckt und sabbert an mir herum, als gäbe es nie mehr Futter.

Ich muss super aussehen, verschmutzt, verschwitzt, vollgesabbert und eingepfercht in der Box. Ich verstehe sofort, warum es Vorschrift ist, dass die Flugboxen eine gewisse Größe haben müssen.

Es braucht noch einige Tage, bis die Vierbeiner ihre Flugboxen akzeptieren.

Erst als beide keine Angst mehr zeigen, schrauben wir die Oberteile auf die Boxen. Das Türchen wird noch nicht montiert. Dasselbe Spiel beginnt von vorne. Mit einer Ausnahme. Ich unterlasse es diesmal, selbst hinein zu kriechen. Das tue ich mir nicht an.

Geduldig warten wir, bis Bonita und Joya, die Flugboxen als ihren normalen Schlafplatz dulden. Beim Tiger ist es um einiges einfacher. Seinen Transportkorb ist er von klein an gewöhnt.

Ich muss mich trotz des Umzug- Stresses, dem Hausverkauf und dem ganzen drum herum, mehr um die Hunde kümmern.

Bonita und Joya benötigen viel mehr Aufmerksamkeit. Für ausgiebige Spaziergänge fehlt es an Zeit. Die Hunde müssen sich mit dem Garten zufriedengeben. Ich tröste mich mit dem Gedanken, dass die zwei in der neuen Heimat ein viel weitläufigeres Gelände zur Verfügung haben werden ... Doch bis es soweit ist, muss ich die Tiere mehr beschäftigen.

Ich finde immer neue Tricks, die ich den Vierbeinern beibringe. Immer mit viel Geduld und vor allem mit einer Belohnung. Bonita und Joya müssen ›Platz‹ machen und warten. Ich lege ein Leckerli jedem der Hunde vor die Pfoten.

»Nein, nicht, nein, aus.« Weder Bonita noch Joya lasse ich einen Augenblick aus den Augen. Bonita kann nicht anders. Sie sabbert ... zack hat sie das Gudi gefressen. Joya macht es ihr gleich. Okay, dann noch einmal und noch einmal, bis die Hunde begreifen.

»Jetzt, ja, jetzt dürft ihr das Gudi fressen«, gebe ich das Kommando, trete zu den Vierbeinern und lobe sie.

Kopfarbeit schlaucht die Hunde genauso, als wären wir eine Stunde quer durch den Wald spaziert. Täglich übe ich nun eine halbe Stunde mit Bonita und Joya. Verlege das Spiel in den Garten, ins Wohnzimmer und in die Küche. Sie dürfen nur auf mein Kommando fressen, denn ich möchte damit vermeiden, dass sie, wenn wir im Ausland unterwegs sind, Giftköder verschlucken.

Unfug machen die Haustiere doch nach wie vor. Immer wieder. Bereits Verpacktes können wir dann im ganzen Haus wieder zusammensuchen. Zerfetzte T-Shirts, Socken und Pullis liegen offen herum, werden zum Teil gut versteckt. Papier wird auf einmal zu Konfetti. Die Tiere zeigen uns ihren Unmut. Das ist wohl ihre Rache, aber nicht die der Götter!

Die Zeit ist gekommen, in der die Hunde in die geschlossenen Boxen müssen. Kauknochen liegen bereits drinnen. Das Türchen wird für einige Minuten verschlossen. Die Zeit mit der verriegelten Tür verlängere immer für zwei, drei Minuten. Nach Wochen gehen die Hunde freiwillig rein und raus. Sie akzeptieren die Flugboxen. Geschafft. Ich aber auch ...

Wochen vor der Auswanderung geschieht etwas Undenkbares für uns. Tiger schläft friedlich ein und wird nie mehr erwachen. Ohne ein Anzeichen. Ohne, dass er krank geworden wäre. Auch er hat uns nun verlassen. Seine eigene Reise angetreten und wird uns nicht auf die große Reise in die Karibik begleiten ... nur in unserem Herzen reist er mit. Ich hatte so gehofft, dass er, trotz seines hohen Alters, mit den Hunden auswandern würde. Wir beerdigen ihn, dort, wo auch die anderen Kumpanen längst in Frieden ruhen.

Wird eine Katze nicht älter als zwölf Jahre? Warum nur musste auch er uns kurz vor der Abreise verlassen? Joya sitzt tagelang am Gartentor und wartet. Wartet auf ihren Freund. Mir zerbricht es fast das Herz. Sie kann es nicht verstehen, dass Tiger nicht mehr nach Hause kommt. Die beiden waren ein Herz und eine Seele. Unzertrennlich.

Die Zeit vergeht. Morgen ist der Tag der Tage. Dann heißt es, früh aus den Federn. Hunde in den Mietwagen, denn unsere Autos sind bereits verkauft. Auf zum Flughafen Kloten und ab in den Flieger ... Die Reise in die Karibik beginnt.

Flughafen

Wo finden wir nun einen Gepäckwagen für unsere Vierbeiner? Gute Frage. Los geht es. Mein Partner macht sich auf die Suche. Die Zeit wird verdammt knapp. Ich bleibe bei Bonita, Joya und unseren Habseligkeiten. Die Hunde müssen mit Sicherheit in absehbarer Zeit aus den Boxen. Warum? Weil sich bestimmt ihre Blase meldet und damit Joya und Bonita sich noch etwas bewegen können. Der Flug dauert eine halbe Ewigkeit und da sind sie die ganze Zeit eingesperrt. Wenn die zwei sich entleeren müssen, nicht dass es im Frachtraum eine Überschwemmung gibt. Klar, zu essen bekamen sie zuletzt am Vorabend. Wasser gab es am Morgen und das müsste auch bald wieder raus. Mein Partner kommt zurück zu uns ... mit einem Wagen.

»Ich muss sofort noch einen Zweiten holen für unser Gepäck.« Ob ein zweiter Wagen ausreichen wird? Bei dem vielen Gepäck, das wir mit uns führen, bezweifle ich das schwer?

Endlich kommt er schnaufend und schiebend mit dem Gepäckwagen.

»Wenn wir den Flieger nicht verpassen wollen, müssen wir nun einen Zahn zulegen«, redet er, während er am Beladen der Wagen ist.

Rasch geht es suchend durch die Abflughalle. Mein Partner schiebt das Gepäck und hilft mir, meinen mit den Vierbeiner zu ziehen. Es dauert und dauert, bis wir den richtigen Check-in finden, an dem wir die Vierbeiner abgeben müssen. Abgekämpft, verschwitzt, gestresst stehen wir nichtwissend, was nun zu tun ist, vor dem Schalter.
Der Typ am Check-in für Hunde kontrolliert die Tickets. »Sie können noch genau zehn Minuten mit den Hunden spazieren gehen.« Das Glück ist auf unserer Seite, also machen wir uns umgehend wieder auf den Rückweg. Wir schieben die Gepäckwagen durch das Gedränge der vielen Reisenden, befreien vor dem Flughafengebäude die Fellnasen aus den Boxen und leinen beide an. Joya und Bonita sind keine Beton-Pinkler, nein, sie brauchen grünes Zeugs, auch Rasen genannt, unter den Pfoten, sonst können oder wollen die Hunde nicht Wasser lassen. Es gibt aber keinen grünen Fleck, nicht mal einen winzigen. Nur Beton weit und breit, wie auf Flughäfen so üblich. Gar nicht hundefreundlich.

Ich muss den beiden gut zureden. »Kommt, befolgt brav meinen Rat. Bitte, bitte, Wasser lassen! Kommt, macht doch was, und wenn es nur ein Tropfen ist!« Nichts, die Rabauken streiken. Meine Geräusch-Kulisse ›pss, pss, pss‹ hilft auch nicht wirklich. Bonita und Joya schauen mich an, als würde ich Unmögliches von ihnen verlangen.

Die Zeit wird knapp, also müssen die Lieblinge abermals rein in die Boxen, durch das Getümmel vom Flughafen zum Check-in.

Dann geht alles sehr rasch. Der Abschied von den Hunden geht viel zu schnell, mir vor allem. Es ist kaum zu ertragen, mitansehen zu müssen, wie unsere Hundeboxen auf das Fließband gehievt werden. Sie in fremde Hände zu geben, fällt mir unheimlich schwer.

Bonita und Joya wissen doch nicht wie ihnen geschieht. Die Geräuschkulisse können die zwei doch nicht zuordnen.

Über das Rollfeld werden sie geschoben und im Bauch des Flugzeuges verfrachtet.

Der lange Flug ohne unsere Nähe? Wie reagieren die Vierbeiner? Helfen kann ich den Hunden nun nicht mehr. Mir zerreißt es fast das Herz. Hilflos stehe ich da und schaue den beiden hinterher.

»Komm, mach, wir müssen uns beeilen. Unser Flug wurde schon zweimal ausgerufen«, stupst mich mein Partner an.

Wir eilen zum Gate und hören, wie durch die Lautsprecher unsere Namen aufgerufen werden. Nun habe ich keine Zeit mehr für trübe Gedanken.

Für mich ist der endlose Flug in die Karibik eine Tortur. Bei jedem Geräusch, jedem Schwenker, jedem noch so kleinen Luftloch bin ich der Verzweiflung nahe. Meine Flugangst und das Unwissen, wie es meinen Hunden geht, machen mich fix und fertig.

Wie froh ich bin, als wir nach zehn Stunden endlich wieder Boden unter Füssen haben, kann sich Jedermann vorstellen, der an Flugangst leidet. Jene, welche ihre Hunde mit in den Urlaub nehmen.

Umso überschwänglicher ist die Begrüßung, als uns die Hunde auf zwei Karren gebracht werden. Die Flugboxen wanken gefährlich auf den Trolleys. Die beiden jungen Dominikaner sprechen immerfort auf die Vierbeiner ein. Bonita und Joya scheinen zu verstehen, was die beiden Jungs von sich geben. Wir nicht ...

Nun sehen uns die Vierbeiner durch die vielen Schlitze in den Boxen. Sie beginnen zu bellen, scheinen zu hüpfen in ihren Behältnissen. Möchten hinaus, kratzen an den Türen, die wir sicherheitshalber zusätzlich mit Kabelbindern zugeschnürt haben.

Vor dem Flughafen schlägt uns eine enorme Hitze entgegen. Haben wir doch bei Minusgraden die Schweiz verlassen, landen wir bei knapp dreißig Grad in der Karibik. Die Luftfeuchtigkeit raubt einem fast den Atem.

»Es wird einige Zeit dauern, bis wir uns an diese Temperaturen gewöhnt haben«, plappere ich immer noch nervös auf meinen Partner ein. Ab geht es mit Bonita und Joya zur großzügigen Rasenfläche. Endlich können die Vierbeiner ihre Notdurft erledigen. Ein nicht mehr zu enden scheinendes Geräusch, als sie sich leicht hinhocken und uns mit verklärtem Blick anschauen. Es muss für die beiden eine Wohltat sein.

Bekannte stehen bereit, um uns zu helfen. Wir verstauen die Koffer und Taschen im Kofferraum vom Mietwagen.

Die Hunde dürfen auf die Rückbank. Die restlichen Sachen, wie Hundeboxen und Taschen verladen wir bei den Bekannten im Wagen. Die dreißig-minütige Fahrt in unser neues Zuhause verläuft ohne Schwierigkeiten. Die Bekannten verabschieden sich.

»Kommt erst einmal an, dann schauen wir weiter. Wir melden uns.« Endlich dürfen die Hunde den Garten, und dessen Umgebung unter die Lupe nehmen.

Zuerst noch zögerlich trippeln die zwei durch das viel zu hohe Gras. Immer wieder vergewissern sie sich, dass wir noch anwesend sind.

Wir tragen gemeinsam unsere zahlreichen Gepäckstücke ins Haus. Erst dann entspannen sich auch die Hunde. Die Spürnasen tief über den Grashalmen, suchen die beiden jeden Winkel ab. Joya beginnt zu hüpfen. Ab und zu sieht man nur ihre Schwanzspitze und ihren Kopf, der kurz über die Grashalme lugt. Wie ein Reh durchquert sie so das Dickicht, das Rasen sein soll.

Ursprünglich ließen wir Rasen verlegen. Jetzt sieht er übel aus. Wie eine Viehkoppel, es fehlen nur noch die Kühe. Eine Naturwiese sieht besser aus. Ungepflegt, das ist nicht unser Rasen. In unserer Abwesenheit hat der Gärtner kassiert, gearbeitet hat er nur nach Lust und Laune. Seine Arbeitswut war eher bei starken Regenfällen vorhanden.

Den Hundepool, den wir extra für Bonita und Joya bauen ließen, den erkennt man nicht mehr.

Die verwahrloste Rasenfläche und der Hundepool bilden ein einheitliches undefinierbares Grün. Vermoost und überwuchert von Wasserpflanzen. Genauso stinkt das Wasser auch. Nach faulen Eiern, im mittlerweile zum Tümpel mutierten Hundebassin. Man kann nur erahnen, wo der Pool beginnt und wo er aufhört.

Jetzt endlich toben die Vierbeiner durch die Wildnis. Jagen hintereinander her. Spielen, rennen, verfolgen einander. Die Hunde sausen durch den Garten. Es gibt viele, für die Hunde, undefinierbare Gerüche zu erkunden. Unermüdlich bewegen sie ihre steifen Knochen. Der Flug war lang, in der Hundebox kaum genügend Platz, nun genießen sie die Bewegung an der frischen Luft.

Wir holen uns zwei Stühle aus dem Haus, platzieren diese auf der Terrasse und schauen Joya und Bonita mit Begeisterung zu. Schön ist es, mit anzusehen, dass die Vierbeiner den großzügigen Auslauf genießen. Wir genehmigen uns einen ersten Drink im neuen Daheim.

Schlagartig geschieht es, direkt vor unseren Augen. Joya erkennt die Gefahr nicht. Ungebremst fällt sie, während des Spiels mit Bonita, in die Kloake des Hundepools. Erschreckt sich derartig, dass sie vergisst, dass sie schwimmen kann. Von zahlreichen quakenden Kröten und Fröschen, in verschiedenen Größen, die den Pool als ihr Eigentum in Anspruch nehmen, wird sie umzingelt.

Nach zwei Jahren, die wir nicht mehr hier waren, haben sich diese Tierchen hier angesiedelt.

Tage später erkennen wir, dass sich nicht nur die Lurche einquartiert haben. Es gesellen sich noch die verschiedensten Tiere dazu.

Die schmale Treppe, die aus dem Bassin führt, kann sie nicht erkennen. Wie auch in diesem Morast.

Sie beginnt wild zu paddeln, schluckt das Schmutzwasser. Panisch bewegt sie sich immer wilder. Pure Angst sehen wir in Joyas Augen.

Mein Partner eilt ihr sofort zu Hilfe, springt bekleidet hinterher in das glibberige Wasser, befreit die immer noch hektisch um sich tretende Joya aus ihrer misslichen Lage.

Partner und Hund sehen sich urplötzlich zum Verwechseln ähnlich. Die Farbe stimmt auf jeden Fall schon mal ... Beide haben sie einen Geruch an sich, den ich nicht näher erläutern möchte.

›Was für eine erste Nacht uns so bevorsteht‹, denke ich mir, schweige aber besser und sprinte ins Haus, um nach geeigneten Tüchern zu suchen.

Zurück auf der Terrasse erwarten mich mein Lebenspartner und die geschockte Hündin bereits. Die grüne schleimige Soße muss aus ihrem Pelz. Aber auch mein Partner hat eine Dusche dringend nötig.

Den Gartenschlauch müssen wir erst suchen, bei unserem letzten Urlaub haben wir diesen in einem der Nebengebäude verstaut gehabt. Gefunden habe ich diesen dann endlich im Gartenschuppen. Erst wird das Fell von Joya gründlich ausgewaschen.

Man muss bedenken, dass es bereits neunzehn Uhr und schon dunkel ist im Dezember in der Karibik. Die Außenbeleuchtung ist noch nicht in Betrieb. So muss dringend eine Taschenlampe her, damit man sieht, wo Joya am meisten verschmutzt ist. Wieder renne ich ins Haus und bringe die Funzel mit. Der spärliche Lichtkegel muss reichen. Das Ergebnis nach der gründlichen Reinigung? Sie stinkt immer noch. Sie stinkt nicht nur, nein, in ihrem Fell kleben dicke Klumpen von moosartigen Gebilden.

›Hoffentlich hat sich keine Kröte oder ein Frosch in ihrem Pelz versteckt‹, mache ich mir bereits Gedanken.

Mein Partner, immer noch in den Winterklamotten, duscht sich mit dem Gartenschlauch ab. Entledigt sich danach der Kleindung und wickelt sich das Tuch um die Hüften. Die Klamotten haben Hausverbot, die wasche ich zu einem späteren Zeitpunkt.

Bonita schreitet in einem großen Bogen um die zwei herum. Ich glaube zu erkennen, dass sie die Nase rümpft. Sich sogar ein wenig ekelt vor ihrer Freundin.

Joya fühlt sich sichtlich unwohl in diesem nassen, übelriechenden Pelz. Ich bin nur froh, dass keinem der beiden Hunde übel wird. Was für ein erster Abend.

Mir wird bewusst, dass wir nur ein Schlafzimmer hergerichtet haben. Das Haus ebenerdig ist. Die Hunde sich jederzeit an unser Bett schleichen können.

Im Haus ist es drückend heiß und wurde noch nicht durchgelüftet. Die Koffer und Taschen stehen mitten im Wohnraum. Die Hunde folgen uns auf Schritt und Tritt. Bei diesen Innentemperaturen und dem Gestank von Joya, kann man kaum atmen, die Luft ist fast zum Schneiden. Dieser grauenvolle Gestank verteilt sich rasend schnell in jeder Ritze des Hauses.

Sofort schalte ich den Deckenventilator im Wohnzimmer ein. ›Stufe drei sollte ausreichen‹, denke ich mir. Das jedoch die Drehung der Rotoblätter den schlechten Luftstrom noch mehr verteilt, daran denke ich nicht. In dem Moment, als ich meinen Fehler erkenne, hält man es im Haus schon nicht mehr aus.

So machen wir uns rasch daran, nur das Allernötigste aus den Koffern und Taschen auszupacken.

Zum Glück haben wir so gepackt, dass wir genau wissen, in welchem Gepäckstück, was zu finden ist.

Unsere Shorts, T-Shirts, Badehosen, Badetücher und die Flip-Flops befinden sich im roten Koffer. Hundefutter, Hundenäpfe, Hundespiele in der schwarzen Reisetasche.

Jetzt, als wir das Hundefutter zu Gesicht bekommen, merken wir, dass die Verbeiner seit dem letzten Tag in der Schweiz kein Futter mehr bekamen.

Hungrig werden die zwei sein. So wird kurzerhand ihr Essen hergerichtet. Sie schmatzen und mampfen, als gäbe es über mehrere Monate nichts mehr. Uns hingegen ist der Appetit vergangen. Der Geruch, die Hitze und die lange Reise stecken noch immer in unseren Knochen.

Wir müssen uns erst einmal an die Zeitverschiebung, die Luftfeuchtigkeit, das Klima und die Wärme gewöhnen. Bonita und Joya werden langsam, ganz langsam ruhiger. Es wird Zeit, dass wir nach den vierundzwanzig Stunden, die wir alle auf den Beinen sind, ins Bett kommen.

Das schmale Gästebett, indem wir unsere ersten Nächte verbringen müssen, bringt uns beide in Schwitzen. Mein Partner schnarcht, gelinde ausgedrückt. Er sägt, als möchte er genügend Holz beisammen haben, um für uns ein Holzhaus bauen zu können. Dieser Geräuschpegel geht mir durch Mark und Bein. Werde neidisch, zu sehen, wie alle um mich herum erholsam und friedlich schlafen. Dazu kommen die undefinierbaren Geräusche von draußen und von den Hunden, die mir den Schlaf rauben.

Die beiden Vierbeiner liegen direkt neben meinem Bett. Am liebsten kämen sie zu mir unter die leichte Decke. Ihren Atem, der nach Hundefutter und anderem Zeugs riecht, kann ich auf meiner Haut spüren. Der Duft der großen weiten Welt von Joya, die friedlich vor sich hinschlummert und ihren ›umwerfenden Duft‹ nicht mehr wahrnimmt. Ich hingegen schon ...

Ich glaube, ersticken zu müssen, da der Deckenventilator im Gästezimmer noch nicht montiert ist. Mein Partner merkt, spürt, hört von alldem nichts mehr. ›Wie schön‹, denke ich mir, ›wenn man schlafen kann ... Grrrr.‹

Die erste Nacht in der neuen Heimat, die vergessen wir alle wohl nicht.

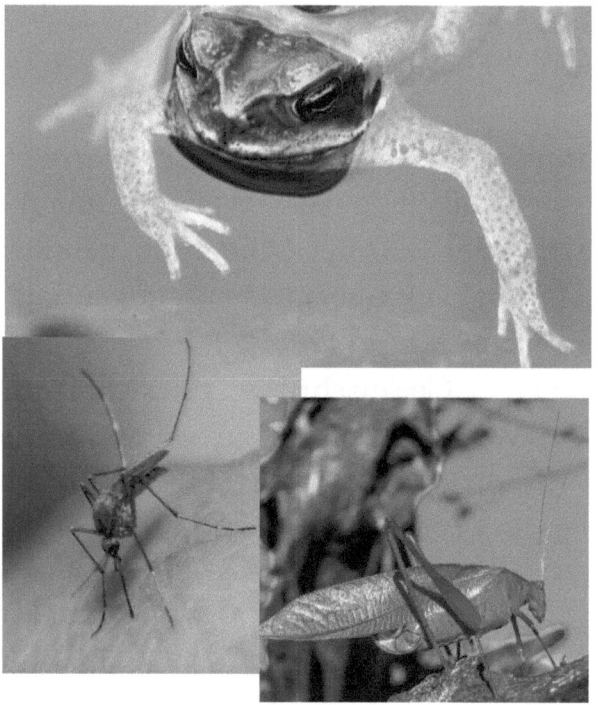

Es surrt, quakt, sticht, schnarrt und stinkt zum Himmel ...

Der erste Tag

Ein Tag nach der Anreise ist viel zu erledigen. Die Koffer und Taschen auspacken. Platz schaffen. Vor allem danach wissen, wo alles verstaut ist. Doch Priorität hat die Wiese, welche Rasen sein sollte. Wie können wir das Grün mähen? Der Rasenmäher kann sich sicherlich nicht durch das Dickicht fressen ...

Eine Lösung muss her. In der Schweiz hatten wir eine Sense, doch leider haben wir diese dort gelassen.

»Man benötigt doch in der Karibik keine Sense«, lachte damals mein Partner. Kühe, Schafe oder Ziegen möchten wir uns auch nicht zulegen. Mein Freund macht sich auf den Weg ins Dorf. Geht dort auf die Suche nach einem geeigneten Gerät, dass der ›Weide‹ den Garaus macht. Gerne würde ich Mäuschen spielen, denn seine Sprachkenntnisse sind gleich null.

Kurze Zeit später kommt er zurück und wird von Bonita und Joya stürmisch begrüßt. Was er mitbringt? Eine Sense, die wir vor Jahren bei einem Urlaub, Bekannten als Scherz mitgebracht haben.

Nachdem sich mein Lebenspartner in andere Klamotten gestürzt hat, macht er sich sofort ans Werk. Begleitet von Bonita und Joya, kämpft er sich durch den Dschungel im Garten. Die Hunde finden das

Spiel klasse. Kommt doch so einiges an befremdlichem Getier zum Vorschein. Was mich in die Flucht schlägt, bereitet den Hunden Spaß. Das Jagdfieber hat vor allem Joya gepackt. So, wie sie auf mich zu rennt, mit prall gefüllter Schnauze. Links und rechts sehe ich, dass etwas Längliches aus ihrem Maul hängt. Das Ding zappelt und windet sich noch immer. Will sich aus ihrem Mund schlängeln. Schlängeln? Was schleppt sie nun an? Richtig, eine junge Schlange, die durch das Getrampel der Zwei- und Vierbeiner aufgescheucht wurde.

Ich sehe etwas genauer hin, zum bereits abgemähten Teil der Wiese. Was ich zu sehen bekomme, lässt mir mein Blut, trotz der Temperaturen, in den Adern gefrieren. Mehrere Schlangen winden und schlängeln sich durch die Beine von Bonita. Die Hündin neugierig, was das für komische Gartenschläuche sind, lässt diese gewähren. Bonita zuckt erst zusammen, als sich eines der Reptilien um ihr Bein wickelt. Wie angewurzelt stehe ich auf der erhöhten Terrasse, unfähig meinen Partner oder die Hunde zu warnen. Ich weiß, dass die Schlangen hier nicht giftig sind. Trotzdem ist es etwas anderes, diese in freier Wildbahn zu sehen. Mittlerweile ist Joya bei mir angekommen. Legt mir das lädierte Tier direkt vor meine Füße. Joya hat wohl in ihrer Euphorie zu fest zugebissen, die Schlange ist schwer verletzt. Ich, einem Nervenzusammenbruch nahe, finde meine Stimme wieder. Schreie, als hätte mir jemand ein Messer in den Rücken gestoßen.

»Schaaatz, Hilfeee, komm schnell her. Ich kann nicht mehr. Hilf mir«, ist alles, was ich schreien kann. Er kommt angerannt, schaut mich entgeistert an.

»Ich dachte schon, dir sei etwas zugestoßen. Du schreist dir die Seele aus dem Hals. Das ganze Quartier hört dich. Und warum? Wegen dieser kleinen Schlange, die ich nun leider erlösen muss!«

Kein Erbarmen hat mein Partner mit mir, jedoch mit der Schlange. Joya schaut enttäuscht zu, wie Herrchen ihre Beute entfernt.

Ich verziehe mich ins Haus, lasse Partner und Hunde in Ruhe. Versuche, mich vom Schock zu erholen, was mir nicht richtig gelingen will. Trete zum Fenster, das in Richtung Garten zeigt. Beobachte, wie mein Partner die Sense schwingt und die Hunde immerzu verschiedene Tiere jagen. Aus dieser Sicht kann ich nicht erkennen, hinter was oder wem die Vierbeiner her sind. Ehrlich gesagt, möchte ich es auch gar nicht wissen.

Erst Stunden später kommen Partner, Joya und Bonita erschöpft, jedoch zufrieden ins Haus. Müde sind alle, ohne Ausnahme. Langsam neigt sich der Tag dem Ende zu, die Nacht bricht herein. Nun, da ich weiß, was sich so alles um das Haus herumtummelt, gehe ich des Nachts nur noch mit Begleitschutz nach draußen.

Das herzhafte Abendbrot genießen wir gleichwohl auf der Terrasse. Genießen können wir auch diesen Abend draußen nicht lange. Fledermäuse jagen die vielen Mücken, die um uns herumsurren. Blutlecken.

»Frischfleisch«, lacht mein Schatz. Wir merken, dass wir hier noch sehr viel Arbeit haben, bis WIR Herr der Lage werden. Was noch alles auf uns zukommt, ahnen wir zu diesem Zeitpunkt noch nicht ...

Diese Nacht schlafe ich noch schlechter. Was ich träume? Ich träume von der dominikanischen Medusa, die sich in unserem Garten niedergelassen hat.

Heimisch werden

Die erste Zeit verfliegt im Nu. Großputz ist angesagt. In den zwei Jahren, in denen das Haus leer stand, kam einmal die Woche eine Reinigungskraft. Ihre Aufgabe war es, das Haus zu reinigen und durchzulüften. Frischen Wind durch die Räume wehen lassen. Wie hätten wir, einige tausend Kilometer entfernt, die Frau kontrollieren können? So hat die Raumpflegerin mehr Urlaub gemacht, als wir in den letzten Jahren. Logisch ist, dass wir nun eine regelrechte Grundreinigung vornehmen müssen. Einige Schäden sind auszubessern. Malerarbeiten, die wir mit viel Energie selbst machen.

Demnächst kommt der Schiffscontainer mit unseren Möbeln, dem Werkzeug, den Büchern, Hundeartikeln und vielem mehr, bis dahin muss das Haus sauber sein. Wieder haben wir zu wenig Zeit für die Vierbeiner.

Bonita und Joya genießen für den Moment ihre Freiheiten, nicht ständig von uns kontrolliert zu werden. Im Garten gibt es für die beiden Spürnasen viel Spannendes. Joya, die Jägerin, findet doch immer wieder ›Köstlichkeiten‹, die sie gerne mit mir teilt. Mir macht sie damit nicht unbedingt eine Freude. Ich muss mich erst an all die Krabbeltiere hier im Land gewöhnen. Ich will sie überzeugen, dass sie ihre Beute selbst fressen darf. Was eine Joya partout nicht verstehen will. Beleidigt schaut sie mich an und macht sich davon.

Bonita gräbt sich buchstäblich durch den Garten. Was mein Partner mühsam gemäht hat, sieht aus ... wie ein Acker. Bonita liebt ihre Gruben, dort legt sie sich hinein, will ihre Ruhe und flieht vor der Sonne.

Wir müssen uns an die Gegebenheiten hier gewöhnen. Das Klima macht uns zu schaffen. Bei diesen ungewohnten Temperaturen schwitzen wir bei der kleinsten Anstrengung. Dementsprechend riechen wir abends auch.

Die Hunde gewöhnen sich viel eher an das Klima. Na, gut, es ist immer noch Winter, die Tagestemperatur um die 28 Grad und feucht. Wie das im Sommer mit den Vierbeinern wird, das sehen wir, wenn es soweit ist. Denn in den Sommermonaten kann das Thermometer gute 36 Grad und mehr anzeigen.

Kaum ist das Haus und der Garten in Ordnung kommt der Container. Joya und Bonita müssen wohl oder übel stundenlang im Gästezimmer ausharren. Nur so können die Arbeiter der Transportfirma ungestört Kiste um Kiste, Schachtel um Schachtel, aus dem Container laden. Möbel werden reingeschleppt, die beiden Vierbeiner hätten bestimmt ihren Spaß, die Arbeiter eher nicht. Hier auf der Insel fürchten sich die meisten der Einheimischen vor großen Hunden. Nach drei Stunden dürfen die zwei kurz in den Garten, die Leute der Transportfirma verlassen dann jedes Mal das Grundstück, freiwillig. Mit lautem Gebell springen Joya und Bonita in Richtung Haupteingang, machen sich einen Spaß daraus, die Fremden zu erschrecken. Ob aus Rache, weil sie so lange im Zimmer ausharren mussten, oder einfach nur um sich kurz vorzustellen. ›Das ist unser Revier, basta.‹

So wird das ein langer und anstrengender Tag für uns alle. Doch als Bonita und Joya nach Stunden endlich ›erlöst‹ werden, sie die Heimatgerüche in ihre Nasen bekommen, flippen sie aus. Jede Schachtel, jede Kiste, alles was nach alter Heimat riecht, wird untersucht. Sie springen, hüpfen um die Sachen herum, als seien irgendwo Knochen drinnen versteckt.

Vor allem die Kiste mit der Aufschrift ›Hunde‹ lassen sie nicht mehr aus den Augen. Am liebsten würden sie das Ungetüm selbst in alle Einzelteile zerlegen. Als wir die Augen von Joya und Bonita sehen, können wir einfach nicht anders. Diese Blicke erweichen doch jeden Hundehalter. So bleibt uns nichts anderes übrig, als IHRE Kiste zuerst zu öffnen. So viel zu ›Wer ist Herr und Meister?‹ Wer gehorcht nun wem? Die beiden haben uns fest im Griff, noch, auf jeden Fall.

Jetzt wo ihre Spiele, Stofftiere und Bälle ausgepackt sind, wissen Bonita und Joya nicht, mit welchem Teil sie sich zuerst beschäftigen sollen. So liegen verstreut auf der Terrasse, im Garten und Haus die Stolperfallen herum. Wir, die wir am Auspacken, Verstauen der diversen Utensilien sind, achten nicht immer genau darauf, wo wir hintreten. Trete aus Versehen auf einen Tennisball großen Gummiball, es quietscht und ich? Ich lande wieder einmal unsanft auf meinen vier Buchstaben.

Die Kunststoff-Aufbewahrungsdosen, die ich soeben noch in den Armen hielt und in der Küche in den Schränken verstauen wollte, fliegen durch die Luft. Hüpfend landen diese großzügig verteilt im Raum. Innerlich fluchend, mache ich den Hunden unmissverständlich klar, dass sie sich nun besser mit ihren

Spielsachen in den Garten verziehen sollen. Aus den Augenwinkeln sehe ich das Schmunzeln von meinem Partner. Ja, ja, die Schadenfreude ...

Die nächsten Tage sind wir damit beschäftigt, dem Chaos an Kisten und Schachteln ein Ende zu bereiten. Bonita und Joya sind wie immer sehr hilfsbereit. Neugierig begutachten sie jedes Teil, das ausgepackt wird. So vergehen Wochen, bis das Haus einigermaßen vorzeigbar ist. Kaum ist Ordnung geschaffen, bahnt sich die nächste Katastrophe an.

›Morgens um sieben ist die Welt doch noch in Ordnung‹, denke ich mir. So mache ich mich mit den Hunden auf in die Küche. Ein Kaffee muss her und die Hunde möchten in den Garten. So starte ich die Kaffeemaschine, bis diese aufgeheizt ist, bleibt mir Zeit, mit den Hunden durch den Garten zu streifen. Die Sonne zeigt sich bereits und die Tage werden wärmer.

Zurück in der Küche möchte ich mir eine Tasse aus dem Küchenschrank holen. Warum ich genau in diesem Moment zum Fenster hinaus sehe? Keine Ahnung. Doch, was ich sehe, macht mich bewegungslos. Ich erstarre zur Salzsäule. Kalt wird mir und ich beginne zu zittern. Die Schnappatmung setzt ein, ich bringe keinen Laut über meine Lippen. Stehe da wie angewurzelt und starre auf das Fenster.

Was nun? Was soll ich tun? Mein Partner ist in der Garage, beschäftigt, um seine Werkstatt fertig herzurichten. Mir bleibt nur eines. Ich muss flüchten, muss mich bewegen, so rasch ich nur kann. Ich nehme allen meinen Mut zusammen und rase zu meinem Freund. Außer Atem und fix und fertig stehe ich nun vor ihm. Sprechen kann ich immer noch nicht. Ich schau ihn nur hilfesuchend an. Ob er meine Blicke versteht?

»Was ist den los, Ellen? Hast du ein Gespenst gesehen? Erzähl, ist etwas mit den Hunden«, fragt er mich nun. Stotternd erzähle ich ihm, was in der Küche vorgefallen ist:

»Da, da, sitzt ein Ding außen am Fenster. Es hockt auf dem Gitter vor dem Küchenfenster.«

»Was sitzt dort? Was für ein Ding, Ellen. Sag endlich, was los ist«, langsam wird mein Partner ungeduldig.

»Eine riesige, schwarze Spinne sitzt dort und glotzt in die Küche. Seit ich in der Schule das Buch von Jeremias Gotthelf ›Die schwarze Spinne‹ lesen musste, habe ich panische Angst vor Spinnen«, entschuldige ich mich bei meinem Freund. Ich kann nichts dagegen tun, egal wie klein das Tier ist, sobald es mehre Beine hat, überkommt mich ein Gräuel.

So begleitet mich mein ›Beschützer‹ und begutachtet das Tier. Macht sich sofort ans Werk, die Spinne umzuquartieren.

Wohin er mit ihr ist, das sagt er mir nicht. Ist auch besser so. Langsam merke ich, dass wir in einem Land wohnen, das nicht nur für mich noch einige Überraschungen auf Lager hat.

»Als Nächstes muss der Hundepool neu gemacht werden. Hast du dir die Stufen einmal genau angesehen? Die sind viel zu schmal für die Hundepfoten. Auf diesen schmalen Tritten, stürzt auch ein Regenwurm zu Tode«, meint mein Schatz.

»Ja, toll, dann können Bonita und Joya an warmen Tagen sich im Pool abkühlen. Hatten sie doch in der Schweiz an jeder noch so kleinen Pfütze ihre helle

Freude. Joya hat in Bächen, Flüssen und Seen wahre Tauchgänge vorgeführt. Wann beginnen wir mit dem Umbau? Mir wäre am liebsten morgen schon«, antworte ich voller Vorfreude.

So kommt es, dass die folgenden Tage, der Hundepool instandgesetzt wird. Fliesen bekommt das Teil, damit keiner der Vierbeiner sich die Haxen bricht. Eine Rampe und keine Stufen mehr. Eine Filteranlage, damit das Wasser zirkulieren kann. Ein wahrer Badetempel nur für die Hunde. Resultat, ein wunderschöner Hundepool, nur keiner geht rein.

»Joya hat sich wohl am Ankunftstag so erschreckt, als sie in die Kloake gefallen ist, dass sie unter keinen Umständen mehr in einen solchen steigt. Bonita traut der Sache auch nicht. War sie doch in der Schweiz jene, die in Bächen herumgestampft ist, in Seen gebadet hat. Doch hier und jetzt will auch sie vom Hundepool nichts wissen. Eine Lösung muss her ...«

Um Bonita und Joya eine Abwechslung zu bieten, fahren wir mit den beiden ans Meer. Früh morgens machen wir uns auf die fünf minütige Fahrt zum menschenleeren Strand. Joya und Bonita waren schon immer begeisterte Mitfahrer.

»Wenn die nur ihren Hintern in den Wagen setzen können, sind die glücklich«, lacht mein Freund.

Das die Hunde gerne Autofahren, haben sie schon in der Schweiz unter Beweis gestellt. Kaum hat sich das Fahrzeug in Bewegung gesetzt, saßen die zwei Hunde und schauten aus dem Heckfenster. Bei jeder Kurve nahmen sie Schräglage ein. Hier ist es nicht anders, nur mit dem kleinen Unterschied, dass die Straße holpriger ist. Gut durchgeschüttelt kommen wir am Strand an.

Nun sehen sie das Gelände. Freudig und ungeduldig tänzeln sie im Fond des Wagens, können es kaum erwarten, herausspringen zu dürfen.

Mein Partner steigt aus, öffnet die Heckklappe und kann sich nur noch in Sicherheit bringen. Joya hechtet aus dem Wagen, Bonita folgt ihr sofort. Wir lassen die beiden Vierbeiner erst einmal austoben auf der Anhöhe vom Strand. Nun beginnen die Zwei zu schnuppern in den verschiedenen Büschen und Sträuchern. Alles ist neu und ungewohnt. Gerüche, die beide Vierbeiner noch nie in die Nase bekommen haben.

Bonita findet, wie kann es auch anders sein, Pferdeäpfel. Genüsslich schlingt sie diese hinunter. Bedächtig bewegt sie sich, immer auf der Suche nach etwas Fressbarem. In verschieden großen Löchern im sandigen Untergrund bleibt sie länger stehen. Beobachtet, was sich in dieser Öffnung versteckt. Geduldig bleibe ich mit ihr stehen. Wir warten, bewegen uns nicht, als nach einiger Zeit ein Krebs ans Tageslicht möchte. Bonita zuckt zurück und der Krebs macht sich seitlich gehend mit schnellen Schritten auf und davon. Verdattert guckt die Hündin, diesem für sie unbekannten Wesen, hinterher.

Joya, die Temperamentvolle jagt durch das Gelände. Rennt kreuz und quer, kein Strauch, kein Busch hält sie auf.

Sie springt zu mir, dann zu meinem Partner und wieder zurück. Wälzt sich in irgendwelchen Kotrückständen um danach wieder auf uns loszustürmen. Bis die Hündin sich einigermaßen beruhigt hat, dauert es. Man könnte fast glauben, dass sie im Garten zu wenig Auslauf hat. Es ist ganz einfach die neue Umgebung, die Meeresbrise, die Gerüche, die wir nicht wahrnehmen können.

Jetzt, als wir mit beiden Vierbeinern die Anhöhe erreichen, sehen wir es endlich. Das Meer. Den weitläufigen Naturstrand. Kein Mensch weit und breit ist zu sehen. Schon möchte Joya davon spurten.

»Wir nehmen die zwei besser an die Leine, wenn wir zum Meer hinunterlaufen. Damit wir die Rabauken unter Kontrolle haben«, schmunzelt mein Freund.

Das Joya das Meer lieber alleine begutachten möchte, zeigt sie sofort. Es dauert einige Zeit, bis beide angeleint sind. Kaum ist Joya an der Leine, zieht und zerrt sie, hüpft und vollführt ein Theater sondergleichen. Sie möchte jetzt sofort ins Wasser. Nichts und niemand soll sie aufhalten. Zu meinem Glück hat mein Partner Joya fest im Griff. Ich begleite Bonita, die eher gemächlich in Richtung Wasser marschiert. Sie ist keine so große Wasserratte. Mit Vorliebe spaziert sie in einem Tempo, dass jede Schnecke sie im Nu überholen kann. Liebend gerne durchstöbert sie den Strandabschnitt nach Neuem, Unbekannten. Alle zwei Schritte bleibt sie wie angewurzelt stehen. Ich kann an der Leine ziehen, wie ich will, keine Chance die Hündin auch nur einen Millimeter zu bewegen. Ihr Sturkopf gewinnt.

Mein Partner ist mit Joya mehr als nur beschäftigt. Sie stürmt los, als sie das Wasser sieht. Wohl oder übel lässt mein Freund sie gewähren. Sie scheint, während sie losstürmt, zu rufen: »Wasser, Achtung, wir kommen.«

Mittlerweile steht mein Freund knietief im schäumenden Meer. Joya schwimmt um ihn herum und beißt in jede Welle, die auf sie zukommt. Eine wahre Freude aus der Ferne zuzusehen, was für ein Spaß der Hund hat. Ich muss lächeln, stehe ich doch trockenen Fußes mit genügend Abstand zu den Badenden. In Sicherheit, falls Joya sich losreißt und die Nähe von mir aufsucht, um sich genüsslich bei mir das Nass aus ihrem Pelz zu schütteln. Mein Kopfkino sieht Szenen, die mich zum Lachen bringen.

Bonita spaziert in ihrem Tempo kurz mit mir am Strand entlang. Bis eine etwas größere Welle uns beide überrascht. Patschnass werden wir und meine Füße versinken langsam im nassen Sand. Ich schrumpfe bestimmt um zehn Zentimeter. Dass ich nicht den Halt verliere, verdanke ich Bonita. Sie rupft an der Leine, zerrt und möchte nichts wie weg.

Dass Bonita nun nass ist, das passt ›Madame‹ überhaupt nicht. Das zeigt sie mir auch unmissverständlich. Sie reißt sich los, schlüpft aus dem Halsband und rennt an den trockenen Sandstrand. Dort wälzt sie sich ausgiebig im feinen Sand. Toll, jetzt sieht die Berner-Sennen-Hündin aus wie ein Wienerschnitzel. Gut paniert, so fühlt sie sich sauwohl. Dementsprechend sieht sie auch aus.

›Das darf doch nicht wahr sein‹, geht es mir durch den Kopf. So kann die Hündin erstens nicht in den Wagen und zweitens nicht mit ins Haus. Ich möchte doch keinen Sandstrand im Wohnzimmer. Denn in ihrem Fell bleibt der feine Sand so richtig fest haften.

»Schau dir mal unsere Bonita an«, rufe ich meinem Partner zu. Sofort kommt er aus dem warmen Meerwasser. Schnappt sich den panierten Hund und führt auch sie ins säubernde Wasser. Dass sie das nicht unbedingt liebt, zeigt sie, indem sie lieber rückwärts gehen würde. Doch da hat sie die Rechnung ohne den starken Mann gemacht. Beide Hunde müssen mit. Bonita, die sich sträubt, muss der Sand aus dem

Pelz gewaschen werden und Joya würde liebend gerne den ganzen Tag im Wasser verbringen. Unterschiedlicher können die Vierbeiner nicht sein.

Bonita darf raus, muss aber angeleint bei mir sitzen bleiben. Ich setze mich auf ein Stück Schwemmholz und beobachte das Spiel der Wellen, der Badenden und knipse ab und zu ein Foto.

Eine Stunde dauert der Strandgang. Für die eine das genüssliche Vollbad, für die Andere viele neue Eindrücke. Die mitgebrachten Tücher kommen zum Einsatz. Beide Vierbeiner werden gründlich abgerubbelt, bevor sie einsteigen dürfen. Erst dann machen wir uns auf den Weg nach Hause. Im Auto macht der Duft der nassen Hunde uns zu schaffen. Die Fenster einen Spaltbreit öffnen und ab geht es. Zu Hause angekommen sind wir alle geschafft. Die einen vom Herumtollen, die anderen vom Aufpassen.

Doch nichts mit ausruhen. Jetzt müssen wird das salzige Meerwasser aus deren Pelz spülen, dass den Hunden auf der Haut juckt. Mit dem Gartenschlauch treten wir unseren nächsten Kampf an. Die Sandrückstände auf dem Terrassenboden zeigen uns, dass wir gut daran taten. Erst Monate später sagen uns Freunde, dass genau dieses Wasser sehr gut gegen Parasiten wirken soll. Man lernt eben nie aus.

Die Vierbeiner sauber, jedoch noch feucht, müssen ins Haus. Der Großeinkauf steht auf dem Programm und lässt sich nicht weiter aufschieben. Man kann ja nicht nur schuften, Mann und Frau müssen auch etwas zwischen die Zähne bekommen.

Es ist das erste Mal, dass Bonita und Joya hier auf der Insel allein das Haus bewachen müssen. Bis die zwei jedoch im Haus sind, dauert es eine ganze Weile. Irgendwie würden sie lieber mit uns mitfahren. Wieder mit uns herumkurven. Das geht aber einfach nicht. Sie sollen doch Haus und Hof bewachen. Vor allem jedoch, wird es im Auto sehr heiß werden. Da nützt kein bettelnder Blick. Kein Gewimmer und auch kein Anschmiegen.

»Heute müsst ihr zu Hause bleiben«, spricht mein Partner ein Machtwort. Bonita und Joya bestechen wir mit je einem leckeren Kauknochen, damit sie beschäftigt sind.

»Das klappt doch sehr gut«, lache ich und schließe die Haustür.

Das Geschäft ist nur wenige Autominuten von uns entfernt. Dort erhalten wir alles, was im Moment im Kühlschrank fehlt. In Gedanken bin ich immer wieder bei den Vierbeinern.

Ich hoffe, dass sie sich während unserer Abwesenheit zu benehmen wissen. Keinen Aufstand proben und dadurch die neuen Nachbarn bereits bei uns auf der Matte stehen …

Ein Straßenhund kommt

Monate vergehen, in denen wir mehr als nur beschäftigt sind. Bonita entdeckt, dass sie mit ihren Pranken im Garten wahre Höhlen graben kann.

»Irgendwann wird sie auf Gold oder den nur auf dieser Insel zu findenden Larimar stoßen«, berichte ich schmunzelnd meinem Partner.

Das er nicht erfreut ist, dass sein Garten aussieht, als hätten sich hunderte von Maulwürfen angesiedelt, ist mir klar. Denn so oft in den vergangenen Monaten waren wir in den Gärtnereien unterwegs. Mein Freund ist viel extremer als jede Frau, die ein Schuhgeschäft sieht. Erkennt er auch nur ein winziges Schild mit der Aufschrift ›Gärtnerei‹ ist er nicht mehr zu bremsen. So hat sich unser Garten mit der Zeit in einen wahren Obstgarten gemausert. Ganz zur Freude der Hunde. Jeder neue Baum, Strauch oder Busch wird genauestens kontrolliert. Oft, wenn Joya und Bonita ein Wettrennen durch den Garten veranstalten, leidet das Frischgepflanzte. Erst Tage später sieht es dann mein Partner. Die Blätter des frisch erstandenen und gepflanzten Baumes färben sich braun. Wie im Herbst in der Schweiz liegen die verdorrten Blätter auf dem Rasen rund um das Stämmchen herum.

Joya hingegen ist täglich auf dem gesamten Gelände unterwegs. Ihre Nase immer nur einen Millimeter über dem Boden, stöbert sie alles auf, was für sie spannend sein muss. Würde ich alles, was sie anschleppt, horten, hätten wir innerhalb kürzester Zeit einen Kleinzoo. Von Spinnen, Raupen, Schlangen, Käfer in jeglicher Form und Größe, Falter und vieles mehr, legt sie mir immer wieder vor die Füße. Dass ich nicht erfreut bin, kann oder will Joya nicht begreifen.

Aus lauter Frust, so kommt es mir vor, jagt sie umso mehr. Vielleicht auch, weil wir einfach noch nicht die Zeit gefunden haben, uns mehr mit den beiden Vierbeinern zu beschäftigen.

Es wird jeden Tag wärmer und mit jedem Tag Bonita träger. Die Hitze macht ihr zu schaffen. So entschließt sie sich, mehr oder weniger den Tag im Schatten liegend zu verbringen.

Joya passt das nun wieder nicht in den Kram. Sie, die agile, möchte spielen, toben, rennen, gemeinsam mit ihrer Freundin. So beschäftigt sie sich auf ihre Art ...

Immer wieder merken wir, dass wir doch besser alles aus der Schweiz mitgebracht hätten. So machen wir uns heute auf den Weg, um zuerst zwei große Abfalleimer zu kaufen. Denn hier auf der Insel wird der gesamte Müll, ob vom Haus oder Garten, in Plastikbehältern im Garten aufbewahrt. Vorzugsweise brauchen wir Eimer, die man verschließen kann. Ich möchte vermeiden, dass Joya mit Kakerlaken aus dem Müll ankommt. Der Müllmann kommt zwei Mal in der Woche, holt den Abfall ab. An diesen Tagen müssen wir besonders die Augen offenhalten. Nie vergessen, die Gartentürchen auf der Terrasse geschlossen zu halten. Bonita und Joya würden sonst, den Müllmann mit seinen Arbeitern unter kraftvollem Gebell begrüßen wollen ...

Dass die beiden Spürnasen wieder alleine zurückbleiben, passt ihnen nicht. Lautstark machen sie uns klar, dass sie mitfahren möchten. Sie bellen, jaulen, hüpfen, ja, sogar Bonita bewegt sich schneller ...

Es ist besser für die Hunde, wenn sie zu Hause bleiben. Denn schattige Parkplätze sind Mangelware. Ich brächte es nicht übers Herz, die Hunde im Auto, in der prallen Sonne warten zu lassen. Auch wenn man die Fenster etwas öffnen könnte, der Wagen würde sich im Nu auf Backofenhitze aufheizen. Joya und Bonita verstehen das nicht, sie bellen weiter, als ginge es um Leben und Tod. So bestechen wir die zwei ein weiteres Mal ...

Kaum sind die Hunde im Haus beschäftigt, fahren wir los. Das Geschäft, welches wir aufsuchen, bietet fast alles, was das Herz begehrt. Ein Parkplatz ist rasch gefunden, da die meisten Leute früh morgens oder abends zum Einkaufen fahren, wenn es etwas kühler ist.

Was ich sofort erkenne, ist ein rostiger Pick-up, der die besten Jahre schon längst hinter sich hat. Dieses Vehikel parkt direkt vor dem Haupteingang zum Geschäft.

Von Weitem höre ich es, das Geräusch, das mir mehr als bekannt vorkommt. Man ist gezwungen, sich an dieser Klapperkiste vorbei zu zwängen.

Jetzt erkennen wir, was der Schrotthaufen für eine Fracht herumkutschiert. Geschockt, völlig aus der Fassung und traurig klammere ich mich an den Arm meines Partners. Auch er ist sichtlich entsetzt.

An die zwanzig Hundewelpen krabbeln in ihrem eigenen Kot, stark hechelnd auf der Ladefläche herum. Hundebabys, die sicherlich noch keine zwei Monate alt sind. Unter der glühenden Sonne der Karibik müssen die armen Welpen ausharren. Bestimmt nicht erst seit Minuten, sondern schon lange ... sehr lange.

»Wie kann man Welpen, die noch keine sechs Wochen alt sind, so behandeln? Siehst du, wie durstig die Kleinen sind? Warum nur fährt man mit so vielen jungen Hunden vor ein Geschäft? Wo kommen die her? Warum parkt die Karre nicht am Schatten? Ich könnte heulen«, rede ich auf meinen Partner ein.

»Ich versteh das auch nicht. Es muss sich um einen Hundehändler handeln. Oder einen Züchter, der hier die Welpen an den Mann bringen möchte«, antwortet er mir ebenso erschüttert wie ich.

Ich leide mit den Tieren, doch ich kann im Moment für die armen Kreaturen nichts tun. Mein Freund zieht mich am Arm, führt mich sanft vom Fahrzeug weg.

»Komm, wir müssen einkaufen. Schau nicht mehr hin, auch wenn es dir noch so schwerfällt«, überredet mich mein Freund.

»Wenn die noch hier sind, wenn wir aus dem Geschäft kommen, suche ich den Fahrer«, antworte ich gereizt.

Tatsächlich, als wir eine halbe Stunde später den Laden verlassen, steht das Fahrzeug, wie gehabt, vor dem Eingang. Die Welpen winseln laut. Sind unruhig. Jetzt reicht es mir. Ich mach mich auf die Suche nach diesem unverantwortlichen Menschen, der den Tieren das antut.

Ich finde den Fahrer des Wagens, der es sich im Schatten unter einem Baum gemütlich gemacht hat. Jetzt werde ich erst recht wütend.

Wieder bei meinem Partner, frage ich ihn, was wir unternehmen können. Er blickt mich nur fragend an ...

»Ich gehe jetzt zu dem Typen und lese ihm mal die Leviten.« Wütend stampfe ich in Richtung des Mannes unter dem Baum.

»Bleib, Ellen, mach das nicht. Wir sind Fremde hier. Du weißt doch nicht, wie der Typ reagiert«, versucht mich mein Schatz aufzuhalten.

Er lässt mich nicht alleine zum Fahrer gehen. Gemeinsam treten wir näher an den Wagen heran, um die Welpen zu begutachten.

Der Mann, der unter dem schattenspendem Baum im Rasen liegt, schaut uns fragend an, als wir vor dem Fahrzeug stehen.

Der Händler erhebt sich sofort aus seiner bequemen Position. Behäbig tritt er auf uns zu. Wittert sein Geschäft des Tages. Doch da hat er die Rechnung ohne uns gemacht.

Ich versuche, freundlich zu bleiben, was mir sichtlich schwerfällt. Mit meinen spärlichen Brocken Spanisch versuche ich, ihm klar zu machen, dass die Welpen Schatten benötigen und Wasser.

»Wasser? Das kostet viel Geld, was ich erst wieder habe, wenn ich die Hunde verkaufe. Dort wo der Wagen steht, gehen Leute vorbei, die mir einen Welpen abkaufen werden«, teilt er mir sehr unfreundlich mit.

Ich kann nicht mehr freundlich bleiben, mir platzt der Kragen, bei so viel Unverständnis.

Höre ich richtig? Das Wasser ist zu teuer? Sein großes Geschäft möchte er mit den Welpen machen? Ich lass nicht locker. Mein Partner versucht immer wieder, mich zurückzuhalten. Seine Gesten verraten mir, halt den Schnabel, Ellen.

Jetzt kommt ein lautstarkes, reges Gespräch in Gang. Plötzlich kann ich sprechen. Und wie ich reden kann. Wie ein Wasserfall plappere ich auf den Mann ein. Mittlerweile hat sich eine Menschentraube um uns herum gesellt. Immer mehr Personen mischen sich ein. Nicht nur Dominikaner, nein, auch Zugewanderte.

Nach einer regen Diskussion, in der ich immer wütender werde, fährt der Mann seine Karre unter einen Baum. Wenigstens etwas Schatten, bei den dreißig Grad, die im Moment auf den Pelz der Kleinen prallt.

»Wenn Sie sich schon solche Sorgen um die Welpen machen, kaufen Sie mir doch einen ab.« Was soll das nun wieder?

»Was heißt hier kaufen? Sie sollten froh sein, wenn jeder dieser Winzlinge ein gutes zu Hause erhält. Verkaufen können Sie die Hunde nicht. Das sind Straßenhunde, nicht geimpft, ohne Chip. Eine Tierarztpraxis haben die Kleinen sicherlich noch nie von innen gesehen. Oder kam der Tierarzt direkt zu Ihnen nach Hause? Hat er die Welpen entwurmt? Die können Sie unmöglich verkaufen«, motze ich ihn an.

Erstaunt, fast verdutzt schaut er mich an. Ich glaube zu erkennen, dass seine dunklen Augen immer mehr hervorquellen. Sein gebräuntes Gesicht zeigt eine leichte Röte.

›Können Dominikaner rot werden‹, frage ich mich. Als er seine Sprache wieder findet, faucht er mich gehässig an. »Siebentausend Pesos, dann gehört einer der Welpen dir.«

»Ich kaufe doch keinen Straßenhund. Wir geben bereits zwei Hunden ein hundegerechtes Daheim. Vor allem müssen diese Winzlinge bei ihrer Mutter bleiben. Die sind viel zu klein. Die benötigen die Muttermilch und ihre Geschwister. Sie, als Verkäufer müssten den Käufern Geld geben, damit man mit den Welpen erst einmal einen Tierarzt aufsuchen kann«, antworte ich fuchsteufelswild.

Immer mehr Leute mischen sich in das Gespräch ein. Ein Tumult entsteht. Ein Wachmann vom Geschäft versucht zu schlichten und die Menschenmassen zu beruhigen. »Hier gibt es nichts zu sehen. Gehen Sie nach Hause. Das schadet unserem Laden, wenn Sie hier einen solchen Aufstand aufführen. Oder muss ich erst die Polizei herbeirufen?«

Bei dem Wort ›Polizei‹ verlassen einige Personen den Ort des Geschehens in Windeseile.

Ob die etwas zu verbergen haben? Auch der Hundehändler wird urplötzlich still. Ist das das Zauberwort, das ich einsetzen muss, um die Welpen zu schützen?

Das ist unsere große Chance. Wir können ungestört die Welpen untersuchen. Die Ladefläche der Karre sieht schrecklich aus. Die über zwanzig Welpen bekamen irgendwann eine Tüte Trockenfutter, die angeknabbert in Urin und Kot liegt. Verstreut auf der ganzen Ladefläche liegen die Brocken herum. Die Welpen, deren Fell zum Teil mit Kot, Urin und anderem Undefinierbaren verschmiert sind, raufen um das Futter. Ein Gewinsel, Gewimmer und Geheul, das uns unter die Haut geht.

Der eine schwarze Welpe, der hat es wohl auf mich abgesehen. Rasch und unbeholfen kämpft er sich den Weg durch die anderen Artgenossen, direkt auf mich zu.

»Lass das, Ellen. Nicht, bitte rühr den Welpen nicht an. Du kannst nicht wissen, was für übertragbare Krankheiten der Kleine hat. Willst du, dass unsere Bonita und Joya angesteckt werden? Komm weg vom Wagen«, warnt mich mein Partner.

Kennt er mich nur so genau? Seine gut gemeinte Warnung kommt nur um Sekunden zu spät.

Ich strecke meine Hand zaghaft aus, berühre seinen flauschigen Pelz. Zärtlich streichele ich über sein Köpfchen. Er knabbert an meinen Fingern, beginnt dann am Mittelfinger zu saugen. Immer wieder schaut er zu mir hoch. Warum auch immer ich das tue, ich hebe ihn auf meine Arme.

Jetzt kann ich den Kleinen genauer auf Parasiten untersuchen. Er zwickt mich in mein Ohr, zieht und zupft an meinen Haaren.

Seine dunklen Kulleraugen blicken mich an. Was möchten mir diese Augen sagen? Dieser unendlich traurige Blick, was muss der Winzling schon alles erlebt haben? Ich glaube zu vernehmen, dass er mich anfleht, regelrecht bettelt: ›Hilf mir, nimm mich mit, bitte ich möchte zu dir.‹ Die Begeisterung meines Freundes hält sich in Grenzen. Vor allem, als er sieht, dass der Händler nun flotten Schrittes auf uns zukommt.

»Ellen, komm, wir gehen«, versucht mein Lebenspartner mich vom Kleinen zu trennen.

»Ich sehe, Sie haben sich für einen der schönsten Hunde entschieden.« Händereibend und mit einem strahlenden Lächeln versucht dieser, erneut mit mir zu verhandeln.

Ich bin immer noch stocksauer. Erkläre dem Verkäufer, dass ich sofort bereit bin, die Polizei zu rufen.

Ich habe mich vor der Auswanderung informiert, es gibt auch hier ein Tierschutzgesetz, das es verbietet, auf der Straße Hunde zu verkaufen. Das teile ich nun voller Emotionen dem Mann mit.

»Das Tierschutzgesetz hier im Land verbietet den Handel von Straßenhunden. Die Polizei wird Ihnen eine saftige Geldbuße abnehmen. Die Welpen werden

Ihnen weggenommen. Möchten Sie das? Sie dürfen zu jeder Zeit die Welpen, wenn diese ein angemessenes Alter haben, verschenken!« Erschrocken, perplex, dass ich so gut informiert bin, erklärt er sich bereit, mit dem Handel aufzuhören.

Ich glaube ihm das mitnichten. Weiss ich nur zu gut, dass er Morgen an einem anderen Ort stehen und sein Glück versuchen wird.

Mir tun die Welpen leid, doch ich kann keine zwanzig Welpen retten. Einen, nur einem möchte ich das leidige Leben verschönern. Bezahlen werde ich nichts. Ich grübele und mach mir so meine Gedanken. Ich bin mir sicher, dass mein Freund nicht begeistert sein wird. Nach so kurzer Zeit auf der Insel, Familienzuwachs zu bekommen.

Mein Partner ist schon auf dem Weg zu unserem Fahrzeug, als der Händler auf mich zukommt.

»Wenn Sie den Hund jetzt sofort mitnehmen, schenke ich Ihnen den Kleinen.«

Was nun? Was soll ich tun? Wie soll ich entscheiden? Das Hundeli ist noch viel zu klein. Noch keine sechs Wochen alt, so schätze ich. Mein Freund steht in einer Entfernung, dass er das Gespräch nicht mitbekommt. So bleibt mir kaum etwas Anderes übrig, als ihn zu mir zu rufen. Niemals würde ich ohne seine Einwilligung etwas entscheiden.

Es kostet mich einige Überredungskünste, meinen Freund zu beeinflussen, den Welpen mitzunehmen. Mit den Waffen einer Frau, meinen Blicken, beginne ich mit der Bearbeitung. Ich versuche, ihn mit den Vorteilen für einen dritten Hund, zu herumzukriegen.

»Stell dir vor, wenn drei Spürnasen durch den Rasen spurten. Dich, wenn wir nach Hause kommen, drei Vierbeiner freudig empfangen. Hunde sind Rudeltiere, die sind glücklicher, wenn sie zu dritt sind.«

»Denkst du auch an die Kosten, die auf uns zukommen? Hundefutter für drei, Arztkosten mal drei? Ein Strandgang mit drei Wildfängen? Und stell du dir vor, wie mein Obstgarten in Kürze aussehen wird«, mein er kurz und knapp.

»Merkst du, dass die Vorzüge in der Überzahl sind? Komm schon, gib dir einen Ruck, retten wir den Winzling«, bettele ich weiter.

Siehe da, ich gewinne. Mit dem Rabauken auf meinen Armen tapse ich glücklich und wie ein Mondgesicht strahlend zu unserem Wagen.

»Unser Weg führt doch bei Doktor Bob vorbei. Machen wir einen kurzen Abstecher? So kann er uns sagen, ob mit dem Kleinen alles okay ist. Auf Parasiten untersuchen und ihn direkt entwurmen. Wer weiß, ob er ihm schon die erste Impfung verpassen kann. Vielleicht kann er auch das Alter des Welpen besser voraussagen und was für eine Straßenmischung es ist«, bitte ich meinen inzwischen nicht mehr so geduldigen Freund.

Bei der Tierarztpraxis haben wir Glück. Kein wartender Patient. Sofort beginnt er den ›Wurm‹, wie mein Schatz den Welpen nennt, zu inspizieren. Schaut sich seine Zähnchen, Ohren und das Fell an. Tastet ihn ab und wiegt den Welpen. Zum Schluss kommt er zu seiner Diagnose.

»Ihr Welpe wird Probleme mit den Hinterbeinchen haben. Irgendwann muss er sich diese in seinem jungen Alter verletzt haben. Warum man ihm seine Rute kupiert hat, verstehe ich nicht. Sonst ist er gesund. Parasiten hat er keine, doch rate ich Ihnen, ihn zu entwurmen. Wiederholen Sie die Wurmkur in drei Wochen. Ich meine es ist ein sieben Wochen junger Rottweilermischling. Füttern Sie ihn mit Welpenfutter. Trockenfutter eignet sich, doch geben Sie genügend Flüssigkeit bei. Ich möchte ihn in einem Monat wiedersehen. Wurmkur gebe ich Ihnen mit«, berichtet er uns.

Wir bezahlen die Rechnung. Jetzt haben wir die Gewissheit, dass der Racker unsere Hunde nicht mit einer Krankheit anstecken kann. Hauptsache gerettet und gesund. Rasse ist so egal.

Wieder im Wagen sitzt der Kleine mucksmäuschenstill auf meinem Schoss. Ich hänge meinen Gedanken nach, vergesse die Welt um mich herum. Bin in Gedanken bereits zu Hause. Jetzt mache ich mir Vorwürfe über meine Vorgehensweise.

Habe ich zu unüberlegt gehandelt? Wie reagieren Bonita und Joya, wenn wir mit dem Neuzugang heimkommen? Beide sind sie gut sozialisiert, aber nicht mehr so blutjung. Werden sie den ›Wurm‹ akzeptieren? Gibt es Rabatz? Futterneid?

Kaum auf dem Parkplatz vor unserem Haus angekommen, hören wir Bonita und Joya. Freudiges Bellen dröhnt aus dem Haus. Da die Häuser hier alle sehr hohe Decken haben, hallt es unheimlich laut, wenn zwei Hunde drinnen Kläffen.

»Setzt du dich mit deinem ›Wurm‹ erst einmal hin, bevor ich Joya und Bonita die Tür öffne. Damit ihr in Sicherheit seid«, schlägt mein Partner vor.

Gesagt getan. Ich setze mich in den nahen, bequemen Korbsessel, den ›Wurm‹ fest an mich gedrückt. Im Innern an der Haustür wird bereits wild gekratzt und gejault. Die zwei möchten endlich zu uns. Langsam aber sicher werde ich nervös. Alle Wenns und Abers kreisen wild durcheinander in meinen Kopf.

»Achtung, Ellen, sie kommen«, kann mein Schatz noch schreien, bevor ich schon überfallen werde. Bonita hält sofort inne, als sie auf den Winzling stößt. Schaut mich strafend an und zieht sich zurück. Joya sieht den Kleinen sofort. Doch was nun passiert, damit hätte ich nie und nimmer gerechnet. Sie beginnt den ›Wurm‹ zu waschen. Mich beachtet sie dabei nicht. Unaufhörlich kümmert sie sich um den Kleinen.

»Setz ihn doch endlich auf die Terrasse, damit er alles erkunden kann. Ich habe alle Türen, die zum Garten führen verriegelt. Er kann erstens nicht abhauen und zweitens keine Treppe hinunterstürzen. Lass die Hunde sich kennenlernen. Passiert schon nichts, Welpenschutz«, lacht mein Freund.

Zaghaft setze ich den Winzling auf dem Boden ab. Er kugelt und stolpert über seine eigenen viel zu großen Tatzen. Joya verfolgt ihn bei jedem Schritt. Passt auf den Kleinen auf. Packt ihn am Nacken, wie eine Hundemami ihre Jungen herumträgt. Immer, wenn sie meint, er sei in Gefahr, trägt sie ihn so einige Meter zurück. Es klappt alles wunderbar. Joya übernimmt die Mutterrolle.

Bonita hingegen, die will von dem Jungen nichts, einfach gar nichts wissen. Das zeigt sie ihm auch sofort. Kaum nähert er sich ihr, knurrt sie ihn an. Bonita kann wohl mit so kleinen Artgenossen nichts anfangen. Warum auch immer, sie will partout nichts von dem kleinen Kerl wissen. Sie sucht ihren Lieblingsplatz auf, meinen Liegestuhl.

Von hier oben hat sie die Übersicht, ihre Ruhe und eine frische Brise, die ihr um die Nase weht.

›Was nicht ist, kann ja noch kommen‹, denke ich mir. Ich bin begeistert, dass Joya so reagiert. Meinen Partner erwische ich, ein, zwei Mal, wie er schmunzelt, als er die Hunde beobachtet.

Habe ich es doch gewusst, dass auch er Freude am Neuzugang hat. Rasch will er kurz zum nächsten Geschäft fahren, um dort Welpenfutter zu kaufen.

»Der ›Wurm‹ muss doch gefüttert werden, damit aus ihm doch noch irgendwann ein Hund wird«, sagt er und fährt los ...

Ich denke mir meinen Teil ...

Am späteren Nachmittag sind wir alle müde. Ausnahmslos. Hungrig und ausgepowert melden sich die Verbeiner zu Wort. Nur der Kleine, der tapst hinter Joya her, als sei es das Normalste der Welt.

»Fütterung der Raubtiere. Lass mich das machen. Möchte mich selbst überzeugen, ob der ›Wurm‹ schon fressen kann«, lacht mein Partner und eilt in die Küche. Alle Vierbeiner belagern buchstäblich die Küche oder meinen Partner?

Gefressen wird ohne Zank und Futterneid. Die erste Nacht kann also kommen. Lassen wir uns überraschen.

Wir nennen ihn Jacky

Die Tage und Wochen mit dem Neuzuwachs rasen nur so dahin. Er beginnt seine Entdeckungsreisen nicht nur im Garten. Immer mehr genießt er seine Freiheit.

Versucht alles, was er zwischen seine spitzen Milchzähnchen bekommt, anzuknabbern. Im Haus tobt er sich vorwiegend nachts an den Möbel aus. Bei Tageslicht sieht man dann die Spuren seiner nächtlichen Knabberattacken.

»Es sieht aus, als hätten wir Ratten im Haus. Ich muss unbedingt etwas gegen seine Knabberkünste unternehmen. Wie oft krabbelt er unter unser Bett und beginnt seine Zähnchen in das Rattanbett zu bohren? Mich reißt das kratzende Geräusch seiner Beißerei aus dem Schlaf«, berate ich mich mit meinem Partner beim Frühstück. Dabei lassen wir die drei Hunde kaum einen Augenblick aus den Augen.

Eine Sprühflasche, befüllt mit Wasser, soll meine Geheimwaffe gegen die Knabberei sein. Diese trage ich, wie einen Colt, an einem Gurt umgeschnallt. Allzeit bereit ...

Joya kümmert sich nach wie vor rührend um den ›Wurm‹. Sie ist es, die ihm zeigt, wo er sein Geschäft zu erledigen hat. Sie tadelt ihn, wenn er sich zu weit entfernt.

Um in den Garten zu gelangen, tragen wir ihn immer wieder die Treppen hinunter und auch wieder hinauf. Das wir heißt vorwiegend mein Partner ...

Joya begleitet uns und läuft bei Fuß, lässt **uns** dabei nicht aus den Augen. Traut sie uns nicht zu, dass wir den kleinen Kerl in den Garten bringen.

Kaum sind die zwei auf dem Rasen, beginnt das Mutter-Sohn-Spiel. Herrlich ist es, den beiden zuzusehen. Der Welpe, der nun etwas gewachsen ist, mehr in die Breite, als in die Höhe, hat auch an Gewicht zugelegt.

»Eine Figur hat dein Straßenhund, wie eine Bowlingkugel«, hänselt mich mein Partner.

»Schau nur, wie dein ›Wurm‹ über Joya kugelt. Glaubst du wirklich noch daran, dass aus dieser Bowlingkugel noch ein Hund wird? Guck, Joya zeigt ihm nun, wo der Hammer hängt«, lacht er weiter.

»Nenn ihn nicht immer ›Wurm‹. Er muss einen Namen bekommen. Du hattest doch schon einmal einen Rottweiler. Wie hieß der schon wieder? Unseren Kleinen können wir doch auch so nennen. Was meinst du?«

»Meinen nannte ich damals ›Jack‹.« Wie mein Freund den Namen ausspricht, muss ich lauthals loslachen. In seinem urigen Berner Dialekt hört sich ›Jack‹ dann Tscheigg an.

»Bist du einverstanden, wenn wir den Welpen Jacky nennen? Ich finde, der Name passt«, frage ich immer noch lachend meinen Schatz. Etwas eingeschnappt, aber nicht böse, nickt er nur.

Die beiden Hunde spielen, straucheln, überschlagen sich. Der Kleine versucht immer, in Joyas Hinterläufe zu beißen. Zupft an ihrer Rute, sie schüttelt sich einmal und schon lernt der Welpe fliegen. Nach zehn Minuten ist der Kleine geschafft. Legt sich dort, wo er sich im Moment aufhält, hin und schläft sofort ein.

Mit dem Fotoapparat in der Hand spazieren wir über den Rasen, in die Nähe des Welpen. Fast feierlich spricht mein Partner die Worte:

»Wir taufen dich auf den Namen ›Jacky‹.«

In diesem Moment drücke ich auf den Auslöser. Dieses Geräusch weckt Jacky. Hellwach ist er noch nicht. Dass er sich hier bei uns wohlfühlt, zeigt er umgehend. Er wälzt sich genüsslich im Rasen.

Jeden Tag toben Joya und Jacky durch den Garten.

Langsam müssen wir mit der Erziehung von Jacky beginnen. Er muss lernen, auf seinen Namen zu hören. Die Grunderziehung muss er auch kennen. Die Kommandos ›sitz‹, ›platz‹, ›fuß‹ und ›bleib‹ muss er in einigen Wochen beherrschen. Einem Rottweilermischling ein Zuhause zu bieten ist eine Sache. Ihn im Griff zu haben eine andere. Wir möchten Jacky zu einem lieben Familienhund erziehen. Er soll mit allen anderen Tieren klarkommen.

Sobald er die ersten Kommandos beherrscht, gehen wir mit dem Trio ans Meer. Dort wo andere Hundebesitzer, Reiter, Kühe und andere unterwegs sind. Bis es soweit ist, haben wir noch einiges an Erziehung zu leisten. Die Welpenzeit geht so rasch vorüber, also genießen wir diese doppelt. Lassen Haus und Garten und geben unseren Hunden mehr Aufmerksamkeit. Was diese alle sichtlich begeistert.

So vergehen Wochen, in denen Jacky sich super entwickelt. Jetzt, wo er endlich einem Hund ähnelt, getraut sich auch Bonita näher ran. Wenn Bonita Jacky auch nur ihre Rückenansicht zeigt, liegen die zwei doch gemeinsam auf dem Rasen.

So erwische ich Joya und Bonita, wie sie ihren Knaben bewachen. Auf das ihm kein anderes Tier zu nahe kommt.

Er wächst und sucht sich seine Lieblingsorte aus, wenn er seine Ruhe möchte. Noch kann er sich unter den Möbeln verkriechen, doch lange wird das nicht mehr funktionieren.

Sein erstes Bad muss er über sich ergehen lassen. Jeden unserer Hunde muss man baden können, komme, was wolle. So auch der Welpe Jacky. Wie er sich dabei anstellt?

Fragend blickt er meinen Partner an, als möchte er sagen, muss ich da wirklich hinein? Doch, als er im Kinderbecken sitzt, möchte er nicht mehr hinaus. Spaß macht ihm das Wasser.

Es wird nicht mehr lange dauern, da springt er bestimmt in den großen Hundepool ...

Das kann sich nur noch um Wochen handeln. Was er mit uns noch alles auf Lager hat? Der Bursche hat es faustdick drauf.

Bonita, Joya, Jacky

Die Temperaturen steigen, es geht unserem ersten Sommer entgegen. Im Gegensatz zu den Hunden haben wir mit dem Klima noch zu kämpfen. Bei der kleinesten Anstrengung rinnt uns der Schweiß. Wir sind meistens nach den ersten Minuten, die wir am Schuften sind, bis auf die Knochen nass.

Viel müssen wir noch instandsetzen. Die vergangenen Wochen verbrachten wir mehr mit der Erziehung von Jacky. Gewachsen ist unser kleiner ›Wurm‹. Wer ihn aber am meisten verhätschelt?

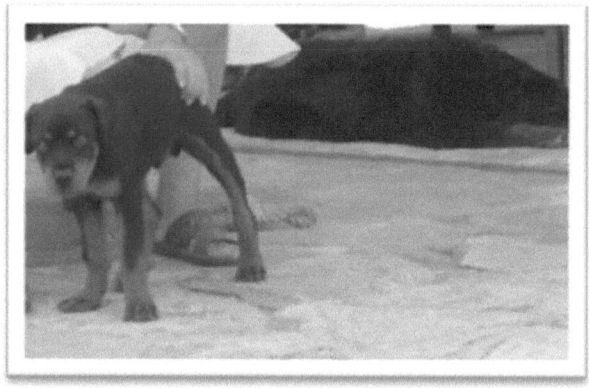

Fast jeden Wunsch liest mein Schatz dem Rotzlöffel von den Augen ab. Er darf, was die anderen nie durften. Dem muss ich unbedingt einen Riegel vorschieben, denn ich bin ja schließlich auch noch da ...

Nun wird es Zeit, Haus und Garten auf Vordermann zu bringen. Somit muss auch der Welpe sich selbst beschäftigen. Und das kann er schon, wie ein Grosser! Die drei Supernasen mausern sich zu einem Team. Alle für einen, einer für alle. Was man sofort zu hören bekommt, wenn sich Jemand dem Haupttor nähert. Wehe, wenn sie losgelassen, kann ich dazu nur sagen. Joya beginnt, spurtet los, gefolgt von Jacky, der sie unterwegs überholt. Das Schlusslicht Bonita, walzt alles, was unter ihre Pfoten gelangt, platt. Gut Glück demjenigen, der nun zu uns möchte. Mein Schreien durch das Gelände ist nicht zu überhören.

»Joya, Bonita, Jacky, kommt zu mir.« Dabei komme ich mir vor wie eine Mutter von dreijährigen Drillingen. Joya und Bonita kommen ohne Umwege angerannt, nur der eine nicht.

Versagt ausgerechnet bei ihm meine Erziehungsmethode? Ich bin ratlos, denn eigentlich wollten wir mit den Vierbeinern zur Belohnung an den Strand.

Kommt er mit seinen sechs Monaten in das Flegelalter? Der Dominikanische, der Gerettete. Der einst ›Wurm‹ und ›Bowlingkugel‹ genannt wurde? Er gehorcht weder mir noch meinem Partner. Alles was wir ihm mühsam beigebracht haben, scheint vergessen zu sein.

Der Tierarzt hat uns einige Male zu Hause besucht. Joya, Bonita und Jacky untersucht und geimpft. Mittlerweile bekam auch der Rüde einen Chip und einen Impfausweis. Doch nun beginnt er. Und wie er damit beginnt. Er markiert alles mit seinem Urin. Egal ob draußen oder im Haus.

Er hat nun gelernt, dass er sein Bein heben kann, ohne das er dabei umfällt. Das zeigt er uns fortwährend, an allem und jedem. Wann und wo auch immer. Ich kenne das nur von meinen Katzen, denen ich ein Daheim bot. Nur haben die nie ihr Beinchen angehoben. Ich muss dazu sagen, ich hatte noch nie einen Rüden. Mein Partner hingegen schon. Er weiß, woran es liegt.

»Er wird zum Mann«, lacht er mich an. Ich finde diese Aussage nicht witzig, denn es stinkt grauenvoll. Alles wird angepinkelt.

»Da muss man etwas dagegen tun«, motze ich sichtlich erbost. Bin ich doch im Moment nur damit beschäftigt, die Hinterlassenschaften von Jacky zu entfernen. Zu meinem Glück lässt man hier die Türen und Fenster immer geöffnet, damit der böige Wind das Haus durchlüften und kühlen kann. So verteilt sich der schlechte Geruch wenigstens in alle Richtungen. Jacky ist bereits sechs Monate alt.

Ich stelle mir in diesem Moment vor, wie Jacky vor fremden Häusern sein Wolfsgeheul jault. Urplötzlich erinnere ich mich an den 68er. Zu unserem Glück kommt heute der Tierarzt vorbei. Vielleicht kann er mir einen Rat erteilen? Auf Anraten vom Veterinär scheint es besser, Jacky schnellstens kastrieren zu lassen. Den Termin haben wir bereits besprochen. Noch diese Woche kommt der Macho unter das Messer.

Ich möchte erstens diese Schweinerei nicht mehr. Zweitens möchte ich verhindern, dass Jacky ausbüchst, wenn er den Duft von läufigen Hündinnen in seine Nase bekommt. Hier oder am Strand.

Jacky hat den kleinen Eingriff beim Tierarzt sehr gut überstanden. Schon am Tag nach der Operation ist er mit den anderen wieder im Garten unterwegs. Etwas hat sich massiv verändert. Seine Notdurft verrichtet er nur noch im Garten. Bonita, Joya und Jacky spielen, fressen, schlafen zusammen. Gemeinsam ›bewachen‹ sie unser Zuhause. Man kann förmlich zusehen, wie Jacky wächst.

»Das wird ja ein richtiges Monster«, witzele ich meinem Schatz zu.

Er antwortet lachend. »Wer hat schon drei solche Kaliber, als eigene Bodyguards?« Ich spüre, dass auch er immer mehr Freude an unserem Neuling hat. Er ist derjenige, der öfters mit der Kamera bewaffnet den Welpen ablichtet. Wie oft beobachte ich ihn heimlich, wenn er wieder mittlerweile seinem Jacky hinterherschleicht? Er, der zu Beginn nicht begeistert war, einen dritten Vierbeiner im Haus zu haben. Nur eines überlässt er nun voll und ganz mir.

Dann ist es mein Jacky. Ich muss ihn erziehen, muss dem Junghund Manieren beibringen. Bei Joya ging das sehr einfach. Bei Bonita war es schon schwieriger, nicht weil sie dumm ist, sondern, weil sie viel zu bequem ist. Bei Jacky ist es eine Kunst. Diesen Rüden zu erziehen, da werde ich an meine Grenzen stoßen.

Jackys Lehrstunden

Was Hänschen nicht lernt, lernt Hans nimmer mehr ...

Am besten wird es sein, wenn Joya und Bonita mithelfen, den Jüngling zu erziehen, denke ich mir. Einige Kommandos hatte er ja schon einmal verstanden. So werde ich mit der Hilfe der beiden anderen, diese immer wieder wiederholen. Bis auch der dominikanische Jacky alles beherrscht.

»Erst, wenn du alles begreifst, gehorchst und wirklich nur das machst, was ich dir sage, gehen wir an den Strand«, rede ich auf den Kerl ein. Helfen tut das nicht wirklich. Wir verlagern uns alle in den Garten. Jacky nehme ich an die Leine, die beiden Anderen begleiten uns. Beginne mit der einfachen Übung, Fuß zu gehen. Einfach? Ich fliege buchstäblich hinter ihm her, direkt durch den Garten, als Jacky einen Vogel im Rasen sitzen sieht. Ich schreie mir die Lunge aus dem Hals, nutzt nichts. Fliegen wollte ich nie lernen ...

Es bleibt mir nix anderes übrig, als das Ende der Leine fallen zu lassen, bevor ich gegen den nächsten Mangobaum knalle. Beobachte in Bauchlage im Rasen liegend, wie Jacky dem Vogel hinter her spurtet. Der Vogel entkommt und Jacky trottet, die Zunge links aus dem Maul hängend, Richtung Schatten. Dort lässt er sich in den Rasen fallen und steht nimmer auf. So funktioniert das nicht. Ich hole die Bauchtasche, befülle diese mit Leckerlis und begebe mich wieder in den Garten. Nichts hat sich derweil verändert. So übe ich mit Joya und Bonita, Jacky lass ich links liegen. Sehe ihn nicht. Auch wenn er bettelnd neben mir hochspringt. ›Nein, dich sehe ich nicht. Du bist nicht hier‹, rede ich mir immer wieder ein. Er soll merken, nur wenn man gehorcht, gibt es Leckerlis.

Joya und Bonita verspreche ich einen Knochen, wenn sie mir mithelfen und nicht patzen. Ob sie es verstanden haben oder nicht, sie gehorchen aufs Wort.

Nach einer halben Stunde nehme ich mir Jacky wieder zur Brust. Ich kann seinen bettelnden Augen, seinem an mir hochhechten, seinem zwischen und auf den Füssen herumtrampeln, nicht mehr widerstehen. Das Ganze wieder auf Anfang.

»Du wirst nicht zerren, zupfen, reißen oder rennen, wenn du etwas siehst. Du tust, was ich sage. Ich bin dein Meister«, quassle ich auf den Vierbeiner ein. Hilft es? Joya und Bonita machen mit, denn sie wissen, dass es nach jedem Erfolgserlebnis eine Belohnung gibt. Jacky ist wieder an der Leine festgezurrt und wir machen einen Schritt um den anderen. Laufen, stoppen, laufen, stoppen. Jedes Mal, wenn es klappt, dass Jacky stillsteht, erhalten alle, die mitmachen, einen kleinen Hundekuchen.

Nach dreißig Minuten entlasse ich die Bande. Jacky löse ich von der Leine mit den Worten: »Frei«, und tippe ihm dabei leicht auf den Hinterschenkel. Diese Übung wiederholen wir täglich vier bis fünf Mal. Immer mehr baue ich dabei ein.

Dann kommt der eine Tag. Ich möchte ihm beibringen, dass er besser auf seinen Namen hört. Wenn ich Jacky rufe, dass auch er sofort angerannt kommt. Ohne Wenn und Aber.

Ich beginne den Einzelunterricht mit Bonita. Sie darf hinunter zum Tor springen. Ich rufe ihren Namen und sie kommt gemächlich angezottelt. Ja, sie ist nicht die Schnellste, aber sie kommt. Erhält sofort ein Stück Wurst.

Dann ist Joya an der Reihe. Auch sie springt zum Tor, denn dort ist immer etwas los. Ich rufe nach ihr und schwups, steht sie neben mir und schaut mich mit ihren dunklen Augen an. Auch sie wird sofort belohnt.

Jetzt kann Jacky zeigen, was er die letzten Tage, Wochen gelernt hat. Jacky hetzt zum Tor, rennt dort durch die Blumenbeete, durchquert die Bambushecke. Ich rufe ihn. »Jacky, komm.« Laut und deutlich ist meine Stimme zu hören. Es passiert ... nichts.

Kein Jacky kommt angerannt. Keiner spurtet den Hügel hoch zu mir. Kein Junghund weit und breit mehr zu sehen.

Es bleibt mir mit dem dominikanischen Rüden auch nichts erspart, denke ich mir. Ich muss selbst den Hügel hinunter zum Tor laufen. Rüde suchen. Klar, dass mir Bonita und Joya folgen. So viel zum Abrufen von Jacky.

Ich werde ihn einzeln unterrichten. Jacky darf nachsitzen. Er muss gehorchen. Wenn ich rufe, muss er sofort antraben. So übe und übe ich immer wieder mit Jacky alleine. Ob es geholfen hat?

Soviel sei verraten, meine Nerven sind zum Zerreißen angespannt. Ich bin kurz vorm Platzen. Ich überlege mir, was ich tun soll mit diesem Rottweiler-Mischling, dem dominikanischen. Soll ich ihm ein Schild um den Hals hängen mit der Aufschrift: »Wer diesen Hund übernimmt, erhält tausend Pesos?«

Oder ihn einfach nicht mehr beachten? Lange halte ich diese Rotznase nicht mehr aus. Ich überlege hin und her. Es kann doch nicht so schwer sein, den Halbwüchsigen zu erziehen? Soll ich? Soll ich nicht?

Der Rüde Jacky, der nur verstehen will, wenn es ihm in den Kram passt. Macht es ihm Spaß, mich an der Nase herumzuführen? Wir haben es geübt und trainiert. Das Abrufen. Joya beherrscht es in Perfektion. Bonita kann es. Nur dieser Eine, der will partout nicht hören.

Gefällt ihm sein Name nicht? Versucht er, mich einfach auf die Palme zu bringen? Kann er überhaupt hören? Taub kann er nicht sein, denn kaum raschelt etwas, ist er der Erste am Ort des Geschehens.

Ich kann mir die Seele aus dem Leib schreien, das ist dem Macho egal. Also soll ich oder nicht?

Manchmal rufe ich seinen Namen auf Schweizerdeutsch. Er scheint durch mich hindurch zu gucken.

Manchmal rufe ich ihn auf Spanisch. Er guckt oder doch nicht?

Auf Deutsch? Keine Reaktion. Soll ich nun einen Sprachkurs besuchen? Englisch lernen? Arabisch, Chinesisch oder welche Sprache soll ich mir beibringen?

Soll ich nicht doch? Ich überlege mir gerade, soll ich? Also soll ich? Soll ich nicht? Muss ich, soll ich ihn wirklich umtaufen?

Denn auf seinen Namen hört er nur in Verbindung mit Futter. Rufe ich allgemein: »Euer Freßchen ist fertig!«, kommen sie alle ohne Ausnahme angerannt.

Nenne ich ihn nun: Tscheig? Macho? Hör-nicht-hin? Sturer Bock? Loco Perro? My Love? Dubelihund? Trotelchen? Rotznase? Frechdachs?

Was um Himmelswillen kann ich unternehmen, damit dieser Rüde auf seinen Namen hört? Soll ich oder soll ich nicht? Ich bin mit meinem Latein am Ende. Ist das DIE Lösung aller Probleme?

Abends sitzen wir gemeinsam vor dem Fernsehen. Bonita, Joya und Jacky liegen zu unseren Füssen, sodass wir diese kaum mehr bewegen können.

Hier auf der Insel können wir per Satellit nur drei deutsche Programme empfangen. Die in regelmäßigen Abständen Wiederholungen von Wiederholungen senden. Sendungen, die wir schon vor Jahren in der Schweiz gesehen haben. Viel Auswahl haben wir nicht. Was wir damals in der Schweiz nie geguckt hätten, schauen wir uns hier an.

Es wird gerade die Serie: »Die Geißens« gesendet, die wir uns nun zusammen anschauen. Eben kommt eine Szene, wo Frau Geißen dabei ist, ihren Mann zu rufen ...

Einer unserer Hunde reagiert unverzüglich ...

Jacky, zeigt eine Reaktion. Er legt seine Ohren an und rennt, was das Zeug hält, aus dem Haus. Ich starte sogleich den ersten Versuch draußen im Garten. Verändere meine Stimme und rufe: »Rooooobert!« Kommt er nun angerannt?

Es geschehen noch Zeichen und Wunder, Jacky kommt angeschlichen. Warum auch immer er auf diesen Namen eine solche Reaktion zeigt. Soll ich oder soll ich nicht?

Also taufe ich ihn nun um! Sollte er ab sofort nicht mehr Jacky heißen, sondern: ROOOOBERT.

Man muss nur den Namen genauso aussprechen, dann klappt es auch mit dem Jacky ...

Jacky, die Elster

Nein, er heißt immer noch Jacky. Klar, wir haben ihn nicht umgetauft. Er hört nun auch auf seinen Namen. Warum auch immer, das urplötzlich geklappt hat.

Er ist zu einem stattlichen Rottweiler-Mischling herangewachsen. Doch auch er hat so einige Macken. Er mutiert zum Vegetarier. Weder mein Freund noch ich, sind erfreut über seine Marotte. Er klaut. Ja, und wie er klaut! Wie eine Elster.

Das Obst, das endlich an den Bäumen heranwächst, nach mühseliger Handarbeit von meinem Partner, der vor einiger Zeit, die kleinen Bäumchen gepflanzt hat.

Jacky stiftet Joya und Bonita dazu an, mitzumachen. Unsere drei Vierbeiner werden von einem Tag zum anderen Diebe. Dreiste Obstdiebe. Sie glauben das nicht? Oh, doch!

Neun frische Mangos hat Jacky direkt vom Baum gestohlen. Alle neun auf einen Streich verschlungen. Mit Haut und Haar, also mit Fruchtfleisch und Stein. Warum ich das so genau weiß?

Es kommt mir so vor, jetzt, wo ich das alles niederschreibe, wie bei Rotkäppchen und dem bösen Wolf. Jackys Bauch ist prall gefüllt mit Mangosteinen. Nur wissen wir das jetzt noch nicht. Am Abend verhält sich Jacky sehr komisch. Immer wieder muss er rülpsen und das tut er immer, wenn er nah bei uns sitzt. Sein Mundgeruch? Stinkt, es ist ein Graus. Pupsen tut er, dass einem übel wird. Die Temperatur im Haus steigt sofort an, nach jedem ›Pups‹.

»Findest du nicht auch, dass Jacky eine Schnapsfahne hat? Sein Mundgeruch und wie er sich aufführt. Hat der Hund Alkohol erwischt? Was gärt da in seinem Magen«, fragt mich mein Schatz ernsthaft.

Jacky benimmt sich wirklich abartig. Aus seinem Magen kommen undefinierbare Geräusche. Es gurrt und blubbert.

In der Nacht, ja wann denn sonst, beginnt Jacky zu würgen. Er weckt nicht nur mich mit diesem Geräusch, das jedem Hundehalter bekannt sein dürfte. Immer mehr Steine kommen zum Vorschein. Neun Stück, die er in kurzen Abständen hervorwürgt. Diese hat der Dieb geklaut und geschluckt.

Wer jetzt mitten in der Nacht die Schweinerei aufwischen kann? Umzingelt von drei Vierbeinern, die am liebsten diese Überbleibsel auf dem Fliesenboden aufgeleckt hätten. Mit Ach und Krach verscheuche ich das Rudel und mein Partner bringt inzwischen die Hunde in den Garten. In den vorderen Teil des Gartens, dort wo keine Mangobäume stehen.

Ich ertappe Jacky wieder. Er klaut wie eine Elster, und zwar alles, was man vielleicht fressen kann.

Bananen, Karotten, Tomaten, Papaya, Passionsfrucht, einfach alles. Rufen oder schimpfen hilft nichts. Dann er will nicht hören. Da hilft auch kein Roooobert.

Er kommt nicht. Fröhlich frisst er weiter. An den Früchten unserer Bäume, deren Äste, schwer von Mangos, bis fast auf den Boden reichen. So ist es für Jacky das Einfachste der Welt, die Mangos zu klauen. Er braucht sich nur zu recken und zu strecken. Maul öffnen und schlucken. Zwei solche Bäume gedeihen im Garten. Mein Partner und ich überlegen, wie wir diese Klauerei unterbinden können.

»Einzäunen. Wir zäunen ihn ein«, schlägt mein Freund vor.

»Wen willst du einzäunen? Die Bäume oder Jacky«, lache ich.

»Oder wir werfen ein Netz über jeden Obstbaum«, lacht er zurück.

»Am besten wird es sein, wir stellen einen Mann ein, der entweder die Hunde oder die Bäume bewachen soll«, gebe ich zurück.

Bis heute haben wir noch keine passende Lösung gefunden ...

Joya und Bonita lieben Bananen. Man darf das Wort auf keinen Fall aussprechen. Wenn die Bananen in unserem Garten reif sind, hängt mein Partner diese auf der Terrasse an einem Seil auf. Dort können wir uns dann mehrmals bedienen. Zu Beginn haben wir ohne darüber nachzudenken, zueinander gesagt: »Ich hole mir noch schnell eine Banane, möchtest du auch eine?« Kaum war das Wort ausgesprochen, wurden wir von den Hunden regelrecht verfolgt.

Doch bis die Bananen soweit sind, kreisen die drei Vierbeiner immer wieder unter den Bananenstauden herum. Immer in der Hoffnung, dass auch nur eine Banane hinunter fällt.

Heute vermeiden wir es über die Frucht zu reden, wenn die Spürnasen in der Nähe sind ...

Jeder Hund hat seine Lieblingsfrucht. Doch nicht nur Früchte haben es den Vierbeinern angetan, alles was nur anscheinend gut schmecken muss, wird verschlungen. Radieschen, Kürbis, Melonen - quer durch unseren Garten fressen sich die Drei.

Ab und zu haben wir ein Riesenglück und sind schneller als die Spürnasen.

Der Kokosnuss-Hund

Bonita ist bekanntlich eine echte Schweizerin, eine hübsche Berner-Sennen-Dame. Auch sie hat ihre Starallüren oder Macken und ein neues Hobby für sich entdeckt. Bonita beginnt die großen, grünen Kugeln, die im Moment ab und zu im Garten liegen, herumzutragen, und versucht diese zu öffnen. Doch die kullern ihr dauernd zwischen den Pfoten weg. Mein Partner zeigt Mitleid und möchte ihr umgehend helfen. Das lässt sie hingegen tagelang nicht zu. Sie verteidigt stur ihre grüne Kugel.

So macht sich mein Freund mit einer ausziehbaren Leiter auf in den hinteren Teil des Gartens. Dort wachsen die Kokospalmen. Stellt die Leiter auf, steigt mit der Machete in der Hand hoch und ruft zu mir hinunter: »Bringt euch in Sicherheit. Ich kann nicht abschätzen, wo sie landen werden. Und wenn dich eine trifft, dann gute Nacht!«

So fallen mehrere zu Boden, die wir gemeinsam zur Terrasse tragen. Dort öffnet mein Partner drei jener grünen Bälle mit der Machete. Kokosnuss? Ist ja genau genommen keine Nuss.

Bonita sitzt umgehend in der ersten Reihe. Leckt sich die Lefzen, sabbert, was das Zeug hält. Richtige Seilbahnen hängen ihr links und rechts aus den

Mundwinkeln. Tropfen, nein, ein kleiner See bildet sich auf dem Fußboden. Schleimig wippen diese langen Fäden aus ihrem Maul herab.

»Ja, du bekommst deine halbe Nuss sofort, Geduld«, versucht er, die Hundedame zu besänftigen. Schier am Verzweifeln scheint diese zu sein. Kaum geöffnet schnappt sie sich das größte Teil. Ab damit auf IHREN Logenplatz, sprich meinen Liegestuhl. Gepolstert ist dieser, breit und sehr bequem, mit einer weichen Matratze. Toll und jetzt? Jetzt liegt Bonita dort, kaut genüsslich an der Nuss und veranstaltet eine Schweinerei.

Es ist ihr egal, dass das Kokoswasser auf die Matratze fließt - Hauptsache lecker. Sie lässt sich von nichts und niemandem stören.

Hat bekommen und erreicht, was sie will - Berner–Sennen-Dame eben.

Auch Joya und Jacky erhalten ihren Anteil. Genüsslich verzieht sich jeder und ist für unbestimmte Zeit beschäftigt. Wir hören es nur noch schmatzen.

Ohne Zank und Futterneid. Ein Bild, das wir nie vergessen werden. Einmal im Monat, wenn es welche gibt, bekommen Mensch und Tier die Köstlichkeit. Das Kokoswasser teilen wir jedes Mal brüderlich auf.

Der Phantom-Jäger

Der dominikanische Mischling Jacky entdeckt sein allerneustes Hobby. In seinen Flegeljahren wollte er immer wieder mit dem Rasenmäher kämpfen. Es konnte doch wohl nicht angehen, dass diese Maschine seinen Rasen frisst. Immer wieder attackierte er dieses Monster, das vom Gärtner über den Rasen geschoben wurde. Der Rasenmäher zeigte keine Reaktion, der Gärtner hingegen ergriff die Flucht.

Lange hat es gedauert, bis der Vierbeiner wohl gemerkt hat, dass der Rasen wieder nachwächst. Erst ab jenem Zeitpunkt kam der Gärtner wieder regelmäßig ...

Das Hundebassin ist nun schon zum zweiten Mal neu gebaut. Beim ersten Versuch durch den Baumeister waren die Stufen zu schmal. Der zweite Poolbau wurde mit Bassinfarbe gestrichen, doch diese hielt keine Saison durch. Damals hatte mein Freund zusammen mit einem Arbeiter aus Haiti selbst zur Schaufel gegriffen. Die beiden Männer haben geschuftet, gegraben, geflucht und geschwitzt. Den Hundepool gemauert und eine Rampe gebaut. Das Bassin zum Schluss gefliest und außen gestrichen. Einen Pool-Filter wurde installiert, damit das Wasser immer in Bewegung und sauber ist. Der Hundepool ist nun im Rasen eingelassen.

Am Allerliebsten benutzt Jacky diese Abkühlung. Mehrmals täglich geht er buchstäblich baden.

Danach suhlt er sich erst mal in frischer Erde, dreht sich auf alle Seiten. Springt einer Ziege ähnlich in die Höhe und kommt dann in einem Tempo auf die Terrasse angerast, dass wir flüchten müssen.

Nun zu seinem neuesten Zeitvertreib. Er macht Jagd auf Phantome. Es ist egal, was im Garten herumfliegt. Alles, was einen Schatten auf den Rasen wirft, ob Falter, Vögel, Bienen und anderes, es wird gejagt. Diese Schattenbilder versucht Jacky zu fangen.

Flattert ein Schmetterling tanzend durch die Luft, sieht Jacky den Schatten auf dem Rasen. Bezieht Stellung, beobachtet und greift an. Hetzt diesem Schatten hinterher. Erwischt er das Schattengebilde nicht, konzentriert er sich auf das Nächste. Vögel jeglicher Art leben in unserem Garten, fliegen zwischen den verschiedenen Bäumen umher. Ein Anreiz für den

›Phantom-Jäger‹, die Schattengebilde der Vögel zu erwischen.

Wir sitzen auf der Terrasse und schauen diesem Schauspiel ›Phantom im Garten‹ zu.

»Jetzt fehlt eigentlich nur noch die Musik hierfür aus ›Phantom der Oper‹, lachen wir. Diese mehr oder weniger eleganten Sprünge ins Nichts zu beobachten, macht uns Spaß. Er hüpft hoch, senkt seinen Kopf, landet unsanft im Rasen. Die Nase nur wenige Millimeter vom Boden entfernt. Kaum gelandet, ist der Schatten schon weitergezogen. Jacky hinterher, seinen Blick stur auf den Rasen gesenkt. Dass er so nie an einen Baum knallt, ist ein Wunder. Er gibt nicht auf, lässt sich nicht aus der Ruhe bringen. Ist er tatsächlich davon überzeugt, dass er eines Tages einen Schatten fangen kann?

Wenn Katzen Mäuse jagen, ergibt es dasselbe Bild. Springt der Rottweiler eine Kür? Sollen wir Punkte vergeben? Wir wissen, dass Dominikaner die Musik im Blut haben. Ist das denn bei unserem dominikanischen Hund auch so?

Wir sitzen noch länger auf unserem Beobachtungsposten und amüsieren uns köstlich, über unseren Spezialisten für unlösbare Fälle.

Bis heute kann er es nicht zulassen, dass ein Schattengebilde sich in seinem Jagdrevier aufhält ...

Hunde - Strandgang

Sind wir mit allen, also Bonita, Joya und Jacky, am Strand, versucht der Rottweiler, die ankommenden Wellen am Sandstrand zu jagen. Übrig bleibt ein im nassen Sand buddelnder Hund.

Joya genießt es im Meer und geht tapfer mit Herrchen baden. Bonita? Die spaziert umher und frisst Pferdeäpfel, wie gehabt. Doch auch sie muss ins Wasser, denn Meerwasser ist gut gegen Parasiten, das wissen wir ja nun. Danach legt sie sich, nachdem eine Grube im Sand fertig gegraben ist, tief hinein und ähnelt stark einer panierten Wurst.

Auch Jacky muss rein in das weite Meer, ob er nun will oder nicht. Erst sträubt er sich noch heftig, sodass mein Partner ihn regelrecht hineinziehen muss.

Doch dann lässt er es auch geschehen und frisst jede ankommende Welle. Es scheint ihm sichtlich Spaß zu bereiten mit Herrchen zu baden.

Ich versuche, trocken zu bleiben, und drücke immer wieder auf den Auslöser der Kamera. Wie schön es ist, mit anzusehen, wie Joya, Bonita und auch Jacky in den Wellen herumtoben.

Was gibt es schöneres für Hunde, als diesen Sand am Hundestrand. Sich nass darin zu wälzen und zu drehen. Krebse zu suchen und zu jagen.

Eines weiß ich, wir werden nun täglich mit dem Trio an den Strand fahren. Frühmorgens, wenn der

Naturstrand noch menschenleer ist. Dort dürfen die Hunde sich nach Lust und Laune austoben.

Jede der Wasserratten reiben wir mit den mitgebrachten Tüchern ab. Die Sandrückstände werden sich erst mit der Zeit, wenn das Fell getrocknet ist lösen. Kaum abgetrocknet, verladen wir die Bande in meinem Wagen.

Nichts wie nach Hause. Fenster leicht öffnen, damit Frischluft durch das Innere ziehen kann. Denn die Vierbeiner riechen alle leicht nach Meer, Fisch und Hund ...

Zuhause schütteln sich die drei kräftig den Sand aus dem Pelz. Zwängen sich dauernd zwischen unseren Beinen hindurch. Natürlich so, dass wir auch schön alles abbekommen. Dieser Sand haftet so sehr im Pelz der Hunde, dass wir jeden einzeln mit dem Gartenschlauch duschen müssen. Und trotzdem ...

Von nun an, brauche ich nur meinen Autoschlüssel in die Hand zu nehmen, dann hüpfen, springen, hechten, bellen die Hunde um mich herum. Sie wissen es haargenau, jetzt geht es los ... ab an den Strand ...

Diverse Erfahrungen

Hier auf dieser Insel leben nicht nur Zecken und Flöhe. Nein, da krabbelt noch so einiges durch den Garten. Diese Erfahrung bekam erst einmal Jacky zu spüren.

Dieser Vierbeiner, der immer wieder im Garten nach Fressbarem sucht und alles genauestens untersucht. Eines Abends, siehe da, er kommt freiwillig.

Was für eine Verwandlung ist mit ihm geschehen? Wir sehen den Grund sofort. Sein ganzes Gesicht ist geschwollen. Seine sonst kugelrunden, dunklen Augen sind nur noch als kleine Schlitze zu erkennen. Was ist das denn? Das ganze Gesicht von Jacky schwillt immer mehr an. Dicker und dicker wird sein Kopf. Sehen kann der arme Kerl bestimmt nicht mehr.

Ab zum Tierarzt, das kann nichts Gutes heißen. Der Tierarzt guckt, untersucht und lacht lauthals los. Wie kann der Arzt nur unseren Jack, der gerettete, auslachen? Sieht der Rottweiler doch aus, wie Klitschko nach einem Acht-Runden-Kampf. Der Veterinär klärt uns auf.

»Hier auf der Insel leben rote, schwarze und etwas größere schwarze Ameisen. Die roten zwicken. Das brennt richtig fest und die Haut schwillt an. Die kleinen Schwarzen sind harmlos. Die anderen, größeren mit den vielen Gelenken verursachen auch einen Schmerz und alles schwillt an. Sorgen brauchen Sie sich keine zu machen. Ich gebe Jacky eine Spritze. Die Schwellung wird in einigen Stunden ganz verschwunden sein.« Jacky lässt die Behandlung problemlos zu.

Wieder daheim verhält sich Jack ganz normal und das geschwollene Gesicht wird ganz langsam wieder ein Hundegesicht. Mein Partner schnappt sich den Behälter, indem er immer den Kaffeesatz aufbewahrt. Damit macht er sich auf den Weg über unser Grundstück. Geht auf die Suche nach dem Häufchen Erde, in denen es von Ameisen wimmelt. Dort sieht und erkennt er, dass hier die Ameisen ihren Bau haben, diese bestreut er mit Kaffeesatz. So soll für eine Weile Schluss sein mit den roten Ameisen. Als er zurück ist, lacht er.

»Backpulver würde auch funktionieren, wenn man welches im Haus hätte.« Also Jack, lass es einfach dieses buddeln in den Ameisenhaufen.

Joya und die Tarantel

Ja, die gibt es hier auf der Insel. Mit solchen ›wilden‹ Tieren müssen wir leben, das haben wir gewusst. Doch haben das auch unsere Hunde verstanden?

Eine Woche nachdem Jack seine Erfahrung mit Ameisenhügeln gemacht hat, erwischt es Joya. Was ist das denn nun schon wieder?

Langsam wird es mir unheimlich. Ich muss mich immer noch an das Getier gewöhnen. Joya, die immer wieder Beute im Garten erlegt, mir diese schenken will, hat es diesmal erwischt. Im Nacken der Golden-Lady bildet sich eine Geschwulst. Sofort gerate ich in Panik. Es sieht nicht gut aus und ich mache mir große Sorgen um Joya.

»Nun ja, wieder zum Veterinär. Wenn das so weiter geht, können wir beim Tierarzt eine Dauerkarte lösen«, will mich mein Partner aufheitern. Unser Haustierarzt hier auf der Insel hat Urlaub. Na, toll. So müssen wir uns wohl oder übel an einen anderen wenden, dessen Praxis nicht zu weit entfernt ist.

Wir finden eine Praxis, stürmen mit Joya im Schlepptau hinein.

»Ist der Doktor da? Wir haben einen Notfall«, trete ich an den Tresen und spreche die Dame dahinter an.

»Notfall? Blutet ihr Hund? Wie stark verletzt ist das Tier«, möchte die Dame wissen. Ich muss mich zusammenreißen, dass ich nicht los brülle. Wir sind die Einzigen im Warteraum, warum also diese Fragerei? Mich macht das so richtig grantig, denn ich sehe, dass es Joya nicht gut geht.

Wieder versuche ich mit Engelszungen, denn ansonsten wird Joya nie untersucht, auf die Frau einzuwirken. »Unsere Hündin hat eine Geschwulst. Das haben wir erst jetzt erkannt. Bitte, sind Sie so freundlich und rufen den Arzt?« Gemächlich erhebt sich die Dame von ihrem Stuhl. Im Zeitlupentempo verschwindet sie im hinteren Teil der Tierarztpraxis in einen Raum. Mir kommt es vor, als vergingen Stunden, bis sie wieder erscheint.

»Der Doktor hat jetzt Zeit für Sie. Folgen Sie mir.« Langsam geht sie vor, in Richtung Behandlungsraum. Der Veterinär begrüßt uns.

»Was ist den geschehen? Zeigen Sie mir mal Ihren Hund. Heben Sie ihn auf den Behandlungstisch.« Wieder erzähle ich, was vorgefallen ist. Er untersucht Joyas dickes Ding im Nacken und erklärt uns, was zu tun ist. »Mittels einer Spritze ziehe ich nun das Gift aus dem Wulst. Es wird ihr morgen schon viel besser gehen.«

Wir bezahlen die saftige Rechnung und verabschieden uns. Hoffen, dass er Joya richtig behandelt hat. Irgendwie kam uns das Ganze nicht ganz geheuer vor.

Es sollte nun besser werden? Pustekuchen, es wird dicker. Den darauffolgenden Tag, fahren wir wieder hin. Seine Diagnose? Aufschneiden.

»Können Sie mir assistieren?«

›Ich?‹, schießt es mir durch den Kopf. »Gut, ich helfe Ihnen, kann aber keine Garantie geben, dass ich nicht umkippe«, antworte ich geschockt. Kaum setzt der Arzt bei Joya das Skalpell zum Schnitt an, wird mir übel. Grausam übel. Ich kann nur noch zu den einen Mülleimer im Raum rennen. Schlecht ist mir.

»Sie gehen besser an die frische Luft. Sie sind kreideweiß,« rät mir der Tierarzt. Dass ich Joya im Stich lasse, wurmt und ärgert mich. Doch im Freien muss ich mich übergeben. Mein Partner kommt mir entgegen. »Was ist los? Ist etwas mit Joya?«

»Als er das Skalpell an die Stelle gesetzt und den ersten Schnitt getätigt hat und das Blut gespritzt ist, wurde mir schlecht. Wie es Joya im Moment geht? Keine Ahnung. Ich fühle mich als Versagerin. Lass sie einfach im Stich«, erkläre ich ihm unter Tränen. So warten wir beide nervös vor der Praxis, bis man uns ruft.

»Sie können Ihren Hund abholen. Der Arzt setzt eine Drainage in die Wunde, damit das Gift herausfließen kann«, erklärt uns die Dame am Empfang. Wieder mit den Worten, morgen wird es ihr um einiges besser gehen ...

Zwei Tage später wechseln wir den Tierarzt. Der Nackenbereich der armen Joya schwillt immer mehr an.

Dr. Veterinär Bob unser Hausarzt ist zum Glück zurück. Ihn suchen wir auf.

»Wer hat denn so unfachmännisch diese Drainage gelegt? Das Schläuchlein liegt total falsch in der Wunde. Das Gift fließt nicht heraus, sondern wieder zurück in die Wunde. Es kann sich hierbei um ein Tarantelbiss handeln. Normalerweise flüchten Spinnen. Doch wenn man sie erschreckt oder sie Junge bei sich tragen, kann es vorkommen, dass sie zubeißen. Sie bekommen für Joya Antibiotika, Salben, einen speziellen Honig. Mit diesem Honig die Stelle sanft einreiben. Ich möchte sie in drei Tagen wiedersehen«, klärt er uns auf.

Dank dem Tierarzt und unserer Pflege hat Joya diese Attacke gut überstanden.

Die Wespen-Attacke

Wehe, wenn sie losgelassen. Im Moment blüht unser Avocado-Baum. Fast stündlich öffnen sich neue weiße Blüten, die einen süßlichen Duft verströmen. Es surrt und brummt in dem Baum, es wimmelt von Bienen. Die fleißigen Bienen, angelockt von diesem nach Honig duftenden Parfüm, machen sich über den für sie wichtigen Nektar her.

Müssen sich nun unbedingt noch Wespen dazu gesellen? Meine Abneigung gegen Wespen kommt davon, dass ich schon etliche Male gestochen wurde. Eine allergische Reaktion macht sich dann sofort bei mir bemerkbar.

Ich beobachte das Treiben um diesen Baum, als in diesem Moment Jacky, Joya und Bonita kontrollieren möchten, was da so alles herumfliegt.

Die Hunde veranstalten wohl eine Wette, wer die meisten der Insekten einsammeln kann.

Mir wird Angst und Bange, als ich sehe, was die Vierbeiner aufführen. Die Jagdsaison ist eröffnet. Das wird nicht gut gehen. Über kurz oder lang stechen die Biester zu.

»Lernt ihr Spürnasen es denn nie? Weg da, weg von dem Baum. Husch, verschwindet von hier«, rufe ich und renne los.

»Hört auf, nach den Insekten zu schnappen«, schreie ich weiter. Wild gestikuliere ich mit beiden Armen und scheuche so nur mehr Wespen auf. Die nun langsam die Angriffslust überkommt.

Na super, schon ist es passiert. Was nun?

Welcher der Vierbeiner gestochen worden ist, sehe ich noch nicht. Dem Gejaule nach zu urteilen, muss es sich um Bonita handeln. Die Wespen sind nun wirklich wütend. Ich glaube zu erkennen, dass die Eine schon ihren Stachel wetzt ...

Jacky hüpft weiter und schnappt immer wieder nach den Wespen. Wenn er nur keine erwischt.

Joya spürt, dass es wohl besser ist, den Wespen freien Flug zu gewähren. Sie haut ab. Bonita, liegt bereits auf ihrem Lieblingsplatz und schaut mich mit traurigen Augen an. Soll ich nun Mitleid mit den Spürnasen haben?

Mir bleibt nichts anderes übrig, als meinen Freund zu rufen. Ich selbst bin zu feige oder zu ängstlich, Jacky aus der Höhle des Löwen zu befreien ...

»Schatz, würdest du mir bitte Jacky von den Wespen fernhalten? Eine hat schon zugestochen. Wenn Jacky weiterhin nach den Tieren schnappt, eine erwischt, dann kann das richtig gefährlich werden«, überzeuge ich ihn.

Mein Partner macht sich auf zu Jacky. Packt ihn am Halsband und zieht diesen förmlich vom Avocado-Baum weg.

Jetzt geschieht es, die Biester attackieren ihn. Fünf erwischen auch meinen Partner, als er versucht, die Biester von Jacky fernzuhalten.

Fünf Stück bohren ihren Stachel in seine rechte Hand. Nun rennt er los, mit Jacky im Anhang in Richtung Haus, ab in die Küche um die Hand unter kalten Wasser zu abzukühlen. Und die eine?

Eine der Wespen verfolgt ihn bis in die Küche. Dort holt sie Anlauf, zielt, dreht sich und fliegt mit dem Stachel vorweg, direkt in den Bauch von meinem Partner. Dort sticht sie unerbittlich zu. Grinst die noch frech oder irre ich mich da? Kamikaze-Wespen nennen wir diese.

Seine Hand schwillt mehr und mehr auf. An seinem Bauch erkennt man nicht viel. Nur einen Einstich. Denn wie er selbst sagt, besitzt er ja ein umfangreiches ›Spektrum‹.

Nun pflege ich die Stiche von Mann und Hunden. Eines aber müssen wir verhindern, die Hunde dürfen nicht zum Avocadobaum, bis die Steinfrüchte alle aufgegessen sind. Denn Avocado sind für Hunde sehr ungesund.

Zecken-Alarm und anderes

Seit einiger Zeit setzen wir uns hier auf der Insel für den Tierschutz ein. Irgendwann, als wir unterwegs waren, sahen wir Katzen und Hunde, deren Gesundheitszustand mehr als nur gravierend schlecht war.

So kommt es, dass wir bei unserem Tierarzt Informationen über die Behandlung von diversen Krankheiten einholen. Er zeigt mir, wie man Zecken fachgerecht entfernt. Wie man Wunden behandelt. Krankheitsbilder, die mir aufzeigen sollen, ob es sich um Räude, Staupe oder andere Krankheiten handelt. Mit was ich diese behandeln kann. Man kann es sich so vorstellen, als hätte ich bei ihm einen Schnellkursus besucht. Ich notiere mir alles sorgfältig. Er erklärt sich bereit, bei Fragen jederzeit zur Verfügung zu stehen. Dabei ist mir entfallen, dass ich bei Tieren kein Blut sehen kann.

Zu jener Zeit lerne ich eine Frau kennen, die sich seit Jahren um Straßenhunde und Katzen kümmert. Wir vereinbaren, dass ich sie die nächste Zeit begleite und von ihr lerne. Etwas Besseres konnte mir nicht passieren.

Sie wird unterstützt von einer Organisation, die ihr mit Medizin und Operationen zur Hilfe kommt. Sie muss nichts bezahlen, alles was sie benötigt für die

Behandlung der Straßentiere, kann sie sich jederzeit dort abholen. Ich bin beeindruckt und helfe ihr über Monate hinweg. Lerne viel und spüre, dass die Tiere Hilfe erhalten. Bis zu jenem verhängnisvollen Tag.

Wie üblich holt sie mich ab und wir fahren gemeinsam in die verschiedenen Barios. Unterwegs teilt sie mir mit, dass sie es einfach körperlich nicht mehr schafft. Immerhin sind es über sechzig Straßenhunde und einige Katzen, die sie seit Jahren betreut. Mal sind es mehr, mal weniger, weil einige sterben.

»Würdest du meine Arbeit hier weiterführen? Ich schaffe es nicht mehr. Bin gesundheitlich angeschlagen und fliege nächste Woche für einige Zeit nach Deutschland in eine Klinik«, bittend schaut sie mich an. Was nun? Lass ich sie und die Tiere im Stich oder traue ich mir diese verantwortungsvolle Arbeit zu?

»Glaubst du denn, dass ich das kann? Schon genügend weiß? Ich bespreche mich mit meinem Partner. Mal hören, was er dazu meint. Ich gebe dir morgen Bescheid«, gebe ich ihr noch nicht überzeugt, zur Antwort.

Noch am selben Nachmittag sind mein Freund und ich in den Barios unterwegs. Ich zeige ihm, was auf uns zukommen würde.

So kommt es, dass wir ihre Arbeit fortführen. Überglücklich bringt sie mir die Ordner mit den Daten der Straßentiere vorbei. Schenkt uns einige Tüten mit

Salben, Tabletten und Material, das wir zur Behandlung der Tiere benötigen.

»Am Freitag fliege ich. Ich wünsche euch viel Glück«, verabschiedet sie sich.

Tags darauf spreche ich mit der Organisation. Stelle mich als die Vertretung der Frau vor. Möchte eigentlich nur wissen, wie alles abläuft. Doch ich bekam nur zur Antwort, dass sie genügend freiwillige Helfer hätten. Doch in jenen Barios haben wir nie welche dieser Organisation gesehen.

So machen wir unser eigenes Ding. Bezahlen alles aus eigener Tasche. Mein Freund kocht die Abende zuvor Teigwaren und Hühnerleber für die Straßentiere, die wir oft kurz vor dem Verhungern vorfinden. Die diversen Frischhaltebehälter, aufgefüllt mit dem Vorgekochten, die Kühltasche mit den verschiedenen medizinischen Utensilien, verfrachten wir im Pick-up von meinem Partner. Bevor wir losfahren, deponiere ich eine Tasche vor der Garage. In dieser sind frisch gewaschene Kleider, Seife und ein Desinfektionsmittel. Sodass wir uns, wenn wir von den Straßenhunden zurück sind, hier neben der Garage, mittels Gartenschlauch, waschen und umziehen können. Immer abwechselnd, denn einer muss aufpassen, nicht dass urplötzlich unser Gärtner unsere nackten Tatsachen erblickt. Wir desinfizieren uns. Sicher ist sicher. Nicht das unsere Hundebande mit irgendwelchen Krankheiten, Parasiten angesteckt wird. Wir fahren jeweils mit seinem Wagen. Der Pick-up ist besser geeignet, um über die oftmals sehr schlechten Straßen zu fahren. Vor allem sehen wir von Weitem, was alles auf den Straßen liegt.

So fahren wir bei jedem Wetter, zweimal in der Woche in die Barios. Dort pflegen, behandeln und füttern wir die Straßenhunde. Immer wieder sind wir mitten unter Einheimischen unterwegs. Oft stoßen wir auf Widerstände. Doch wir geben nicht so rasch auf ...

Bewaffnet mit der Tier-Medizin-Tasche und reichlich Futter.

Mit der Zeit spricht es sich herum, dass wir jeweils dienstags und donnerstags unterwegs sind. Immer mehr anwesende Hunde werden auf Zecken, Flöhen oder Wunden untersucht. Kinder warten mit ihren Vierbeinern auf uns.

Jeden Monat erhalten die Hunde, je nach Größe und Gewicht, ihre Medizin. Entwurmt werden die Vierbeiner. Entlaust mit speziellem Puder, welches auch den Flöhen den Garaus macht. Sind sie von Zecken befallen, entfernen wir diese Biester von den Hunden. Die Ohren und Pfoten sind häufig sehr stark befallen. Danach werden sie durchgekämmt, oftmals auch von uns vor Ort gebadet. Dicke Zotteln oder verklebtes Fell schneiden wir weg.

Vieles erleben wir in diesen Tagen. Retten Hunde, denen man Rattengift verabreicht hat. Nicht jeder erfreut sich an den Hunden und Katzen. So werden diese auf eine grauenhafte Art getötet. Wir sehen, wie man Welpen ins Feuer wirft. Ertappen Menschen, die junge Hunde ins Meer werfen. In Müllsäcke auf einer stark befahrenen Straße ›entsorgen‹. Gequält oder kranke Tiere lässt man einfach sterben ...

Wenn wir solche Hunde vorfinden, sind es die Ersten, die unsere Hilfe erhalten.

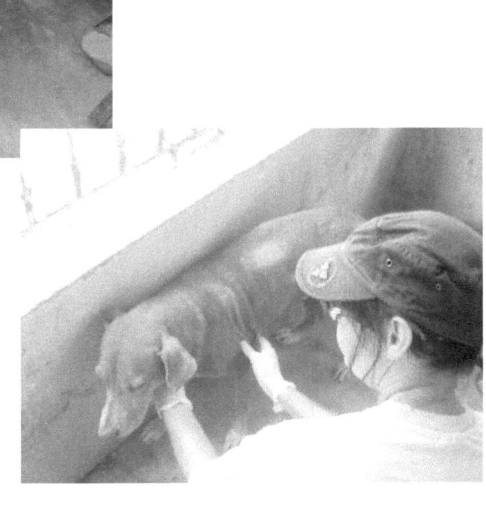

Es sind keine Rassenhunde, die man gut verkaufen kann. Wie oft rasen wir zu unserem Tierarzt. Er, der uns manchen Hund, manche Katze kostenlos operiert. Viele können wir retten, bei einigen kommen wir zu spät. Was wir immer in der Tasche mit uns führen, ist das Gegenmittel, wenn wieder einem der Hunde Rattengift verabreicht wurde.

Versuche mit den Leuten zu sprechen. Bitte diese, lasst eure Hunde operieren. Oftmals stoßen wir auf taube Ohren. Viel Geduld brauchen wir, bis man uns vertraut.

Da ist der kleine Chihuahua, dessen Ohren so stark mit Zecken befallen sind. Eine riesige Anzahl dieser Parasiten bilden einen Pilz, der dem armen Kleinen aus den Ohren quillt. Was für rasende Schmerzen muss der Chihuahua erleiden? Also nehme ich das Spezialgerät zur Hand und beginne die äußeren Viecher zu entfernen. Mein Partner versucht, den kleinen Vierbeiner zu beruhigen. Ganz tief ins Ohr hinein darf ich nicht. Doch mit etwas Essigwasser, das ich auf ein Taschentuch tupfe, reinige ich das Ohr. Wenn wir Glück haben, sterben die Zecken ab. Wenn nicht, muss der Chihuahua umgehend zum Veterinär. Denn diese winzigen Parasiten im Innenohr, kann nur ein Tierarzt unter Narkose entfernen.

Wir füttern die Tiere, die oft kaum mehr gehen können. Wir verabreichen Nudeln mit Huhn. Darunter wird direkt das Antiparasitikum gemischt, eine sinnvolle Langzeitmedikation gegen Würmer, Läuse, Milben und Zecken. Immer wieder müssen wir Maden aus Wunden entfernen. Entwurmen die Tiere. Führen die Datenblätter der Straßentiere. So, dass wir sehen, wer hat wann welche Medizin bekommen? Diese Formulare habe ich mit Fotos versehen. Jeder Neuzugang wird als erstes abgelichtet, das Alter geschätzt. Geschaut, ist er operiert oder nicht? Männchen, Weibchen? Beschreibe das Fell, die Farbe, sein Zustand, alles wird genaustens dokumentiert.

Schreckliches sehen wir, doch jede Woche fahren wir wieder hin und helfen. Was können denn die Hunde dafür? Sie müssen zum Teil angekettet leben, im eigenen Schmutz! Hunde, deren Halsbänder bereits tief in der Haut eingewachsen sind. Die man nur unter Narkose entfernen kann. Hunde mit blutig - eitrigen Wunden von Schlägen mit Macheten. Katzen, deren Schnurrhaare fehlen oder mit vielen Brandwunden am Körper.

Da muss einfach geholfen werden. Und genau das machen wir auch. Nun sind wir soweit bekannt in den Barios, dass die Straßenhunde uns immer bereits erwarten. Es ist fast unmöglich, ungehindert aus dem Wagen zu klettern, schon springen verschiedene

Hunde uns bellend an. Begrüßen uns freudig, wissen sie doch, jetzt gibt es Futter und Streicheleinheiten.

Nicht alle Menschen, die wir dort treffen, sehen uns gerne. Es gibt einige, die uns immer wieder vertreiben möchten. So ertappe ich einen älteren Herrn, der einen circa acht Wochen jungen Pitbull an einen Baum kettet. Die Kette ist an die fünfzehn Zentimeter lang. Als der Welpe an der Kette ist, tritt der Mann mit voller Wucht auf das Tier ein. Das kann und will ich nicht mitansehen. Da muss ich handeln, auch wenn mein Partner mich davon abhalten möchte.

»Es ist viel zu gefährlich, dich hier und jetzt mit dem Mann auseinanderzusetzen. Du weißt doch, Frauen haben hier nichts zu sagen. Pass nur auf, sonst zieht er ein Messer oder knallt dich ab. Das ist doch hier üblich«, redet mein Freund auf mich ein.

Ich höre den Welpen winseln, das es mir durch Mark und Bein geht. Wie er schreit, der Kleine. Da schau ich nicht weg. Nein. Mutig stampfe ich auf den Typen los. Mit meinem wenigen spanischen Wortschatz rede ich auf den Mann ein. Er soll das sofort unterlassen. Soll den Welpen nicht so behandeln, ihn von dieser viel zu kurzen Kette nehmen. Jetzt wird der Mann erst richtig wütend. Doch er lässt wenigstens vom Tier ab und kommt mit hochrotem Kopf auf mich zu.

»Sie haben mir gar nichts zu sagen. Schon gar nicht, wie ich meinen Hund erziehe. Schließlich muss mir der Hund Geld einbringen, bei seinen Kämpfen!«

Mir reicht diese Aussage. Ich renne zum Wagen.

»Gib mir bitte rasch das Tierschutzrechts-Büchlein von hier und dein Handy«, verlange ich von meinem Partner. Er reicht mir das Gewünschte und steigt mit aus dem Pick-up. Ich renne zurück zu jenem Typen.

»Ich nehme diesen Hund nun mit. Rufe die Polizei, denn auch hier gibt es Gesetze. Tierschutzgesetze. Ist das klar?« Wo ich den Mut hernehme, weiß ich in diesem Moment nicht.

»Sie können mir den Hund abkaufen. Der ist jetzt schon sein Geld wert«, antwortet mir der Mann.

»Ich kaufe Ihnen doch diesen Hund nicht ab. Sie müssten mir Geld geben, dass ich ihn nehme, damit er zuerst einmal ärztlich versorgt wird«, schmeiße ich ihm an den Kopf.

»Wenn der Kleine morgen noch so angekettet ist, mehr Wunden hat, nehme ich ihn unter mit Hilfe der Polizei mit!«

Eine Woche hat das ganze Theater benötigt. Doch der kleine Pitbull hat ein neues Herrchen gefunden. Einen Besitzer, der regelmäßig mit dem Vierbeiner spazieren geht. Und dort geht es ihm wirklich gut. Er wächst und wird ein sehr verschmuster Pitbull. Kaum hört er unser Fahrzeug, beginnt er zu bellen und man erkennt sofort, dass er uns begrüßen will.

Vorher   Nachher

Der Sonnenbrillen-Hund

Heute sind wir an einem versteckten, kleinen Surfer-Strand unterwegs, der vor allem von Einheimischen besucht wird. Dort helfen wir einmal im Monat, immer sonntags, den Strandhunden. Die Kühltasche und auch das selbstgekochte Futter stets mit dabei. Dann sehen wir ihn.

»Sag mal, was hat dieser kleine, weiße Hund, der einem Pudel ähnelt, für komische Augen? Warum quellen die so heraus?« Wir treten näher heran, dann sehen wir es. Beide können wir uns ein Lachen nicht verkneifen. Der Kleine trägt eine rosa Sonnenbrille. Rasch befragen wir den jungen Mann neben dem Hund, einen dominikanischen Surfer, was das auf sich hat.

»Erklär uns einmal, warum muss der Kleine eine Sonnenbrille tragen? Hat er Augenprobleme? Oder machst du das einfach so aus Spaß?«

»Chica liebt es zu surfen. Der starke Gegenwind schadet jedoch ihren empfindlichen Augen. Also habe ich ihr aus einer Kindersonnenbrille, die ich am Strand gefunden habe, eine für sie auf Maß gebastelt. Sie gehört nicht mir, die Chica, ich nenne sie einfach so«, erzählt er uns sichtlich stolz.

»Natürlich trägt Chica auch eine Schwimmweste, wenn es hinaus auf die Wellen im Meer geht«, erklärt uns der junge Bursche freudestrahlend.

Nun müssen wir doch schmunzeln. Ich stelle mir umgehend vor, wie das aussehen muss. Die Kleine, gut verpackt mit einer Kinderweste und Sonnenbrille, auf dem Surfbrett. Ohren, die im Wind flattern, die Nase schnuppernd in die Höhe, den Mund leicht geöffnet ... Mein Kopfkino entführt mich mal wieder ...

Doch wir sind nicht zum Träumen am Strand. Einige herrenlose Strandhunde untersuchen wir nun. Öfters, als erwartet haben die Vierbeiner hier Sandflöhe. Entwurmt werden alle und mit dem dafür nötigen Medikament behandelt. Doch der Eine, den hat es schwer erwischt. Man erzählt uns, dass der Strandhund einem

Reiter hinterherrannte. Dem Pferd immer wieder in die Flanken gesprungen ist. Das Pferd hat ausgeschlagen und den Vierbeiner an der rechten Seite getroffen.

»Es sieht so aus, als hätte der Wildfang einige Rippen gebrochen. Die Tierarztpraxis hat am Sonntag geschlossen. Ich versuche, den Doc trotzdem zu erreichen. Was meinst du?«

»Es ist immer ein Versuch wert«, antwortet mein Freund und füttert inzwischen an die zwanzig Hunde.

»Wir sollen warten, er kommt kurz vorbei, schaut sich das Tier an und entscheidet vor Ort, was zu tun ist«, rufe ich durch die bellende Meute.

Der Tierarzt kommt eine Stunde später und bringt seine ganze Familie mit. Er schaut sich den verletzten Vierbeiner an und entscheidet, ihn sofort mitzunehmen. Er fragt noch, wem das Tier gehört, da der Verletzte ein Halsband trägt.

»Die Halsbänder haben wir den Strandhunden angelegt, damit wir anhand derer erkennen, welchen Streuner wir schon am Behandeln sind. Rufen Sie mich an und teilen mir mit, was mit dem Rüden passiert?«, frage ich den Veterinär, der mit Hilfe seines Sohnes, den Verletzten bereits zu seinem Wagen trägt.

Tage später erfahren wir, dass der Vierbeiner leichte innere Verletzungen hatte. Er wurde operiert und befindet sich nun auf dem Weg der Besserung. Der Doc bereits ein neues Frauchen für ihn gefunden hat. Schön, wenn man spürt, dass die freiwillige Arbeit von uns auch mal Früchte trägt.

Nach drei Stunden, die wir mit den Strandhunden verbringen, bringt uns ein junger Surfer einen kühlen Saft. Wir genießen den Spätnachmittag am Meer und wissen, das wir genau das Richtige tun. Bevor wir nach Hause fahren, knipsen wir von jedem Neuzugang Fotos. Wie gehabt, haben wir auch für diese Strandhunde einen Ordner mit deren Daten angelegt.

Der Überbiss-Hund

Plötzlich ist dort am Strand ein Vierbeiner, der in einem Tempo auf uns zu rennt, dass wir uns hinsetzen müssen. Ein hübscher Kerl ist es. Sein hellbraunes, flauschiges Fell gleicht dem von einem Fuchs. Das Gesicht können wir noch nicht genau erkennen. Doch das etwas nicht stimmen kann, ist mir sofort klar.

»Fassen Sie Ihn nicht an. Gehen Sie weg. Das ist ein gefährliches Biest«, ruft man uns entsetzt aus der Ferne zu.

»Was soll an diesem Vierbeiner gefährlich sein? Er benimmt sich ganz normal. Warum habt Ihr alle hier eine solche Angst vor dem Rüden? Der tut doch keiner Fliege etwas«, rufe ich zurück. Jetzt, als der Rüde uns seine ganze Aufmerksamkeit schenkt, sehen wir das Übel, dass allen hier am Strand Angst bereitet. Das sonst so herzige Gesichtchen verschandelt durch ein Makel. Bedrohlich sieht er aus, der arme Kerl. Doch, wie er mit diesem Handicap überhaupt überleben konnte, ist mir ein Rätsel.

Zuerst wird er, wie alle anderen zuvor, untersucht. Böse ist der arme Kerl nicht, nein, Hunger hat er. Massenhaft Zecken haften auf seiner Haut und Sandflöhe machen ihm das Leben auch nicht leichter.

»Verstoßener, armer, kleiner Kerl. Wir helfen dir jetzt«, rede ich beruhigend auf das Tier ein. Sofort wird er gebadet, was er, ohne zu knurren, zulässt. Bekommt Futter mit der üblichen Medizin, damit wir kontrollieren können, ob er überhaupt richtig fressen kann.

Einige mutige Leute kommen näher und versammeln sich um uns herum. Ich hoffe inständig, dass alle ihre Panik vor diesem hübschen, speziellen Kerl verlieren.

»Fressen kann er, wenn auch nur gemächlich. Dass er so in dem Rudel hier, seinen täglichen Kampf um

Fressbares zu meistern hat, ist klar«, erklärt mein Partner laut und deutlich für alle hörbar.

»Was ist überhaupt vorgefallen, dass der Vierbeiner solche Zähne hat? Die sind bestimmt nicht von Natur aus so gewachsen«, möchte ich von den Anwesenden wissen. Betretenes Schweigen. Blicke, die sich von uns abwenden. Endlich findet ein junger Bursche den Mut.

»Der Hund wurde, als er noch klein war, von einem Auto angefahren. Niemand hier hatte Geld, das verletzte Tier zum Tierarzt zu bringen. Damals wohnte hier eine ältere Frau, die uns allen erzählte, dass es sich um einen Dämonenhund handele. Er das Böse sei und wir uns vor diesem Tier in acht nehmen sollen. Deswegen haben wir hier alle mehr als nur Angst vor dem Vierbeiner«, endet er, jetzt doch etwas beschämt. Das zeigt uns wieder einmal, wie abergläubisch hier die Einheimischen sind.

Vor einiger Zeit habe ich mir eine Halskette aus winzigen Muscheln gekauft. Diese liegt immer noch in unserem Pick-up. Diese Kette wandelt mein Freund umgehend um. Nimmt Maß am Hals vom ›Überbiss-Hund‹, wie wir ihn nennen. Dieser liebevolle, spezielle Vierbeiner soll auch ein ganz besonderes Halsband von uns erhalten. Es liegt nun an uns, die Leute hier zu überzeugen, dass dieser Vierbeiner etwas ganz Außergewöhnliches ist. Das er mehr als nur eine Chance verdient hat. Das er sehr gut behandelt werden muss.

»Er sieht nur böse aus, weil die untere Reihe der Zähne nach vorne herausgewachsen ist. Sicherlich hat er sich damals den Unterkiefer gebrochen. Da diese Verletzung nicht operiert wurde, wuchs sein Gebiss so. Doch ist es ein herzensguter Hund. Keiner muss Panik vor diesem Strandhund haben. Zeigt ihm, dass er zu euch gehört. Wir kommen regelmäßig vorbei, das wisst ihr und wenn etwas ist, ruft uns an. Die Nummer habt ihr«, ende ich und bin mir sicher, das fortan die meisten der Surfer keine Panik mehr schieben. Hoffe, dass der Hübsche nicht mehr als Biest bezeichnet wird ...

Einen Monat später, als wir wieder vor Ort sind, sehen wir ihn erneut. Es geht ihm prächtig. Man nimmt ihn auf im Surfer-Paradies. Darf dort wohnen, findet Kumpels. Langsam aber sicher trägt unsere Arbeit Früchte.

Der Transport von Straßenhunden

Wieder sind wir im Armenviertel bei den Straßenhunden unterwegs. Kaum angekommen, klingelt mein Handy.

»Hat man euch schon informiert? Die freiwilligen Tierärzte sind auf der Insel. In unserer Stadt. Von allen Herren Länder kommen diese Ärzte und opfern ihre Freizeit, ihren Urlaub, um hier zu helfen«, plappert eine Bekannte am anderen Ende.

»Nein, das wussten wir noch nicht. Wie du jedoch weißt, sind wir in keiner Organisation«, antworte ich ihr.

»Ja, ja, es geht darum, dass mein Wagen viel zu klein ist. Ich kann unmöglich den Hundetransport übernehmen. Nun wollte ich euch fragen«, sie macht eine beklemmende Pause, bevor sie weiterspricht.

»Würdet ihr den Transport übernehmen? Helft ihr mir? Ich habe durchgebracht, dass ihr drei Hunde von der Straße, bei denen eine Operation am dringendsten ist, mitbringen dürft«, endet sie hörbar nervös.

»Ich muss das erst mit meinem Partner besprechen, rufe dich später zurück. Wir sind bei den Straßenhunden unterwegs«, antworte ich etwas grantig.

Berichte meinem Freund, was die Bekannte von uns erwartet. Aber auch er reagiert etwas angespannt.

»Erst will man uns nicht in der Organisation. Und jetzt sollen wir einspringen als Fahrer? Dürfen drei Hunde von den über sechzig, die wir betreuen, mitbringen? Wie sollen wir entscheiden, welcher der armen Kreaturen eine Operation am dringendsten benötigt? Jeder der zwanzig verletzten Hunden hätte dringend eine OP nötig. Wir als Richter über operiert leben oder weiter dahinvegetieren? Das ist doch lachhaft.«

Ich verstehe seine Wut nur zu gut. Denn wie oft wären wir dankbar gewesen um etwas Hilfe? Medikamente, Salben oder Ratschläge? Doch wir wurden abserviert. Nun sollen wir gut genug sein? Was tun wir?

»Die Straßenhunde und Katzen, die können es sich nicht aussuchen. Mir tun ausschließlich die Tiere leid«, ist meine Meinung.

»Den Tieren zu liebe übernehmen wir gemeinsam diesen Transport. Mit einer Bedingung. Wir organisieren alles«, antwortet mir mein Partner.

Ich rufe die Bekannte umgehend zurück, bevor wir es uns anders überlegen. Teile ihr mit, was mein Partner erwartet. Sie ist sehr erleichtert und sagt uns zu, dass wir alles organisieren dürfen.

»Ich bringe dir heute Abend die Liste der Hunde vorbei. Es wäre sehr gut, wenn wir zuvor einmal durch das Quartier fahren. Damit auch die Leute vor

Ort wissen, dass ihr die Hunde einsammelt. Einverstanden, Ellen?« So kommt es, dass wir die ganze Vorarbeit leisten. Darüber aber unsere drei Hunde und ›unsere‹ Straßenhunde nicht vergessen.

Anstrengende Tage folgen. Die Leute müssen überzeugt werden, dass sie vor allem ihre Rüden kastrieren lassen. Es gibt viel zu viele Streuner. Die Leute, die einen Vierbeiner irgendwo um ihre Hütten angekettet haben, besitzen weder Geld für sich noch für ihre Kinder. Für die Tiere bleibt gar nichts übrig.

Die Schulen kosten viel, das kann sich im Armenviertel nicht jeder leisten. Genau deswegen fehlt es auch an Futter und Pflege für die Hunde. Wie oft kommt es vor, dass uns Leute hilfesuchend entgegenlaufen. Schier am Verzweifeln sind. Warum? Weil sich herausstellt, dass ihr Vierbeiner nicht männlich ist. Einige keine Ahnung haben und in Angst geraten, wenn ihr Hund winzige Bluttropen hinterlässt. Wir dann aufklären müssen, dass es ein weiblicher Hund ist. Das Mädel, wie bei den Menschen, nun eben seine Tage hat ...

Warum also immer wieder junge Hunde produzieren? Als Geldquelle?

Mühevolle Überzeugungsarbeit, die viel Nerven kostet. Jeder möchte einen richtigen Rüden. Um damit angeben zu können? Oder für Hundekämpfe, die

Geld einbringen? Ein kastrierter Rüde ist ihrer Meinung nach, kein vollwertiger Hund mehr ...

Nach Tagen und stundenlanger Aufklärung haben wir alle Vierbeiner, die auf der Liste stehen, zusammen. Die Halter sind einverstanden, dass ihre Hunde operiert werden. Der Termin mit den Tierärzten muss auch gemacht werden. Die Terminplanung übernimmt die Bekannte, die dann auch in der Klinik hilft. Auch sie hat genau Buch geführt und jeder von ihr betreute Hund hat ebenfalls ein Datenblatt. Foto, Name, ungefähres Alter, Männchen oder Weibchen und was die Hunde und wann an Medizin erhalten haben.

Der Termin steht also fest, was aber noch lange nicht heißt, dass die Leute an jenem Tag zu Hause sind. Und sie es sich vielleicht wieder anders überlegt haben. Dass jene Hunde- oder Katzenbesitzer am geplanten Tag dann ihre Haustür öffnen, wenn wir vor Ort sind, um die Tiere zur geplanten Operation abzuholen. Vor ihnen stehen, mit den dazugehörigen Transportboxen warten, um die Hunde sicher zu den Ärzten zu fahren.

Wir sagen jenen Bescheid, die einverstanden sind, geben den Tag und die Zeit bekannt. Sie erhalten kleine farbige Zettel. Ich hoffe inständig, dass die Einheimischen diesen nicht einfach in den Müll hinter ihre

Hütten werfen. Rot für die erste Fuhre. Blau für die zweite Fahrt. Grün für die restlichen Tiere.

Ich drucke Flugblätter. Da nicht alle lesen können, mit Bildern versehen. Verteilen diese im ganzen Quartier. An Bäumen, Bodegas, Zäunen hängen welche.

Der Tag X kommt, wir fahren früh am Morgen los, die Transportboxen auf dem Pick-up und in meinem Wagen verteilt.

Im Armenviertel ist es ruhig, viele schlafen noch. Doch dann geht alles ganz rasch. Verladen und ab in die Klinik. Am Abend, dasselbe Spiel zurück. Tage danach machen wir die Nachkontrolle. Alle sind wohlauf.

Damit ist unsere Arbeit für die Organisation getan. Wir haben nie ein Danke oder eine Gegenleistung erhalten. Uns hätte ein winziges Lächeln gereicht. Was wir erhielten? Eine Rechnung für die drei operierten Straßenhunde aus jenem Bario, indem wir die Hunde pflegen.

Ein übler Tag bei den Straßenhunden

Dienstagmorgen, wie jeden Tag kurz vor Acht, erscheint Esther, unsere Perle. Es ist leicht bewölkt, als wir uns zusammen wie üblich eine Tasse Kaffee genehmigen. Sie weiß, dass wie jeden Dienstag und Donnerstag unser Gang zu den Straßenhunden bevorsteht.

»In Cabarete regnet es leicht. Kann gut möglich sein, dass ihr heute nass werdet«, spricht sie und guckt dabei zum bereits verhängten Himmel hoch.

»Bedrohlich sieht es im Moment schon aus. Doch wir machen uns jetzt trotzdem auf den Weg. Den Hunden und Katzen, die auf uns warten, ist das Wetter doch egal. Hauptsache Futter und Medizin«, lachen wir ... noch.

Esther möchte wissen, ob ich irgendwelche Wünsche habe, was sie reinigen soll. Doch ich überlasse das immer ihr, denn sie sieht, wo es nötig ist und wo nicht. Wichtig ist für uns nur eines, dass unsere Hunde Gesellschaft haben.

Wir holen unsere diversen Taschen mit dem vorgekochten Hunde- und Katzenfutter, die zwei Kühltaschen mit den verschiedensten Utensilien zur Behandlung der verletzten oder kranken Tiere.

Meine Regenjacke, die ich noch aus der Schweiz mitgebracht habe. Die weder Wind noch Regen durchlässt. Meine besonders guten Wanderschuhe, die jedem Wetter trotzen und schon manches Jahr gut überstanden haben, ziehe ich sofort an. Mein Lebenspartner packt für sich, falls es wirklich zu regnen beginnt, einige 110 Liter Plastiktüten ein.

»Das reicht für mich. Ein Loch für den Kopf und zwei für die Arme und fertig ist mein Regenschutz nach dominikanischer Art.« Dabei grinst er mich an.

So fahren wir erwartungsvoll in Richtung Armenviertel, wo an die fünfundsechzig Hunde und einige Katzen uns bereits erwarten.

Wir biegen in die erste ›Straße‹ ein, die mehr einer Holperpiste gleicht. Tiefe Löcher im Weg wechseln sich mit großen Steinen ab. Es rüttelt und schüttelt uns heftig durch. Der Himmel bedeckt sich immer mehr, was uns jedoch nicht davon abhält, den ersten Stopp einzulegen. Kaum steht der Wagen still, kommen sie angerannt. Verwilderte, magere Hunde. Zwei neue Vierbeiner befinden sich darunter, deren Haut nur mehr an ihren Knochen herunterhängt.

Wir heben die erbärmlich abgemagerten Vierbeiner auf die Ladefläche vom Pick up, damit wir die beiden untersuchen und füttern können. Somit die zwei in Ruhe und ungeniert kleinere Portionen an Futter herunterschlingen. Aufpassen müssen wir, nicht dass die zwei zu viel auf einmal verschlingen. Das bekäme ihnen nicht gut. Jetzt kümmern wir uns um die anderen, die bereits wie wild an unseren Beinen hochspringen. Riechen Futter und da hält sie so rasch nichts mehr zurück. Es ist kein leichtes Unterfangen, ein solches Rudel ohne Beißerei zu füttern und vor allem jeden einzeln zu untersuchen.

Kaum haben wir die erste Station hinter uns gelassen, steigen wir bei der zweiten aus dem Fahrzeug, das wir etwas abseits abgestellt haben, beginnt es ... und wie es beginnt.

Es regnet, nein es schüttet, was das Zeug hält. So, als würde man direkt über unseren Köpfen eimerweise Wasser ausschütten. Es gießt in Strömen.

»Einer von uns sollte nun schnell zu unserem Fahrzeug spurten und unseren Regenschutz holen«, fluche ich leise in mich hinein.

»Wer von uns rennt schneller?«, fragt mich mein, bis auf die Haut klatschnasser, Partner.

»Schon okay, bin schon unterwegs.« Mache zwei Schritte vorwärts und stolpere. Meine super guten, bis gerade eben dichten Wanderschuhe lösen sich ganz langsam in sämtliche Bestandteile auf. Die Schuhsohle löst sich und das wird für mich zur Stolperfalle. Nichts mit rasch zum Wagen sputen. Mein Partner nimmt den Weg auf sich und kehrt mit dem mitgebrachten Regenschutz und meinen pinken

Stoffturnschuhen zurück. Jetzt müssen wir uns einen Unterschlupf suchen, damit wir uns wetterfest machen können. Was in diesem Quartier nicht so leicht zu finden ist. Eine ehemalige Bodega, die recht verwildert aussieht, dient uns als Umkleidekabine First Class. Wurzelwerk, Äste und anderes hat hier bereits Einzug gehalten. Trocken ist es mitnichten. Das ehemalige Holzdach gleicht einem Emmentaler Käse.

Rasch ziehe ich mir meine mitgebrachte Regenjacke über. Mein Partner hat erst einmal Bastelstunde.

»Bis du wetterfest angezogen bist, sind wir ertrunken«, hänsele ich ihn.

»Lach du nur, du musst nun in den Stoffschuhen weiter durch den Morast waten. Brauchst auch nicht zu jammern, denn einige Personen bezahlen viel Geld, damit sie kneippen können«, grinst er und bestaunt mein solides Schuhwerk.

Wir warten noch einige Zeit in unserer behaglichen Behausung, bis der Regen nachgelassen hat. In der Karibik kann das entweder sehr schnell gehen oder sich nur um Wochen handeln. Wir machen uns weiter auf die Fahrt zur nächsten Station. Für mich ein regelrechter Schuhkampf, denn bei jedem Tritt bleiben meine stabilen Stoffschuhe im Morrast stecken, und ich muss aufpassen, nicht hinzufallen oder einen Schuh zu verlieren.

»Heute kürzen wir die Tour etwas ab, nicht dass dir noch ein Missgeschick passiert«, meint mein Partner. Was ich heute nur zu gerne befürworte. Die dringendsten Notfälle werden noch behandelt und gefüttert, danach kehren wir zurück nach Hause.

Auf dem Parkplatz vor der Garage angekommen, wechseln wir, bei mittlerweile strahlendem Sonnenschein, wie immer unsere Klamotten. Ich habe das dringende Bedürfnis, meine Füße einer intensiven Waschung zu unterziehen. Schlamm, Erdreich, ja ganze Klumpen lösen sich zwischen den Zehen und hinterlassen auf dem Beton unschöne Spuren.

Esther ist nicht überrascht, dass wir eher zu Hause sind und auch die Hunde freuen sich über unsere frühe Rückkehr. Gemeinsam genießen wir noch eine Tasse Kaffee auf der Terrasse, als es wie aus heiterem Himmel wieder in Strömen zu regnen beginnt.

So müssen sich die Straßenhunde bis Donnerstag gedulden, bis wir wieder die Tour machen.

Der Donnerstagmorgen kommt rascher als erwartet. Die Sonne meint es gut mit uns. Es ist bereits zur frühen Morgenstunde richtig warm. Der Kaffee auf der Terrasse leistet seines dazu, sodass ich jetzt schon ins Schwitzen komme.

So machen wir uns auf den Weg in Richtung Armenviertel.

»Heute rollen wir das Feld mal von hinten auf.« Mein Partner lacht sichtlich gut gelaunt.

So kommt es, dass wir zuerst bei Maria vorbeischauen. Maria ist eine Frau von ungefähr fünfunddreißig Jahren. Sie ist taubstumm, hat zwei reizende Kinder, jedoch wie so viele, keinen Gatten. Die Kinder können keine Schule besuchen, da ganz einfach das Geld fehlt. Zu der kleinen Familie gesellten sich vor Jahren mehrere Straßenhunde, zwei davon die ähnlich aussehen, wie Golden Retriever.
Einer der Lassy wie aus dem Gesicht geschnitten ist, nur in schwarz. Eine Mischlingsdame, die von jeder Rasse wohl etwas abbekommen hat.

Normalerweise kommen uns immer ihre Kinder mit den Hunden entgegengerannt, wenn sie unseren Wagen kommen hören. Heute kommt keiner. Weder Kinder noch die Hunde.

Maria steht etwas abseits vor ihrem Holzschuppen, der ungefähr fünfzehn Quadratmeter groß ist. In diesem Unterschlupf wohnt sie mit ihren Kindern und einer alten Frau, die wohl ihre Mutter sein dürfte.

Maria winkt uns hektisch zu und gibt Laute von sich, die wir als Hilferuf deuten. Rasch eilen wir zu ihr hin. Sie packt mich am T-Shirt und zieht mich mit sich. Ich stolpere ihr hinterher über unwegsames Gelände, bis wir auf einem Feld ankommen. Was wir dort zu sehen bekommen, lässt uns erstarren.

Da liegt einer der Golden Retriever Mischlinge im Feld. Der Hund, den wir Blondie nennen, atmet schwer, röchelt, zuckt am ganzen Körper. Sein Blick, wie er uns anschaut und um Hilfe bittet, lässt uns erschauern. Ohne viele Worte reagieren wir sofort.

Mein Partner hebt den Hund hoch und trägt ihn, so rasch es unter diesen Umständen geht, zu unserem Wagen. Dort bettet er Blondie auf eine flauschige Decke auf der Rückbank. Ich setze mich auf den Beifahrersitz, streichele Blondie die ganze Fahrt über. Rede sanft auf sie ein. Mein Partner rast in einem Höllentempo zum Tierarzt Dr. vet. de la Cruz.

»Halte durch, Blondie. Wir sind sofort beim Tierarzt. Er wird dir helfen.«

Die Fahrt dauert keine zehn Minuten, aber leider zehn Minuten zu lange. Kurz bevor wir auf dem Parkplatz vor der Tierarztpraxis angekommen sind, stirbt Blondie unter meinen Händen.

Wir können beide die Tränen nicht zurückhalten. Es sind nicht unsere Hunde. Wir pflegen und füttern die Straßenhunde und doch entsteht da eine so starke Bindung zu jedem der Vierbeiner.

Mein Partner eilt in die Praxis und kommt mit dem Veterinär zurück. Gemeinsam wird Blondie in ein Behandlungszimmer getragen. Wir möchten, nein, wir müssen wissen, was vorgefallen ist.

Dr. vet. de la Cruz möchte von uns wissen, wie und wo wir den Hund aufgefunden haben. In welchem Zustand. Frage um Frage beantworten wir gewissenhaft. Seine Diagnose: Rattengift.

»Der Hund wurde vergiftet. Das ist hier an der Tagesordnung. Viele, die Ihren Vierbeiner nicht mehr möchten oder Hunde hassen, greifen zu diesem Mittel. Ich kann Ihnen jedoch etwas mitgeben. Wenn Sie rechtzeitig auf Hunde oder Katzen treffen, denen man Rattengift verabreicht hat, können Sie die Vierbeiner selber behandeln. Tabletten, kurz abwarten, dann die Spritze direkt unter die Haut. Beschreibung der Handhabung liegt bei. Hilft aber nur, wenn das Rattengift kurz zuvor gefüttert wurde«, endet Dr. vet. de la Cruz.

Wir kaufen drei solcher Sets, um in jedem Fall helfen zu können. Bei Blondie sind wir zu spät gewesen.

Was wir nicht wissen, dass eine solche Behandlung bereits die nächsten Tage dringend notwendig wird.

Dr. vet. de la Cruz behält Blondie bei sich und verspricht uns, die Hündin auf seinem großen Gelände in den Bergen zu begraben. Das macht er mit allen verstorbenen Tieren so, wenn man das möchte.

Mit dieser schlechten Nachricht kehren wir zu Maria und ihren Kindern zurück.

Wie sollen wir ihr beibringen, dass wir versagt haben? Maria sieht ins uns, wie viele andere im Armenviertel, die Retter ... Nun müssen wir eingestehen, dass wir alles getan haben, was in unserer Macht stand. Blondie nun in den Hügeln der Dominikanischen Republik ihre letzte Ruhe findet.

Maria hat es relativ gefasst aufgenommen. Ihre Kinder hingegen konnten und wollten nicht glauben, dass Blondie nie mehr zu ihnen zurückkommt. Noch Wochen später, wenn die Kinder unseren Wagen hörten, rennen sie weg und verstecken sich hinter Palmen oder Gebüschen.

Monate später, als wir wie immer bei Maria vorbei fahren um die anderen Hunde zu pflegen, entwurmen, impfen, füttern oder einfach nur nach dem Rechten zu sehen, kommen die beiden Jungs angerannt.

»Ven, Elena, ven a ver lo que hemos encontrado«, plappern die beiden wild durcheinander auf mich ein. Übersetzt heißt es: Komm, Elena, komm, schau was wir gefunden haben.

Mit der Medikamententasche in der einen Hand, in der anderen einer der Jungs, renne ich mit ihnen mit. Mein Partner folgt uns mit der gut bestückten Futtertasche. Ich höre bereits jetzt diese Geräusche, die mir sehr bekannt vorkommen. Ein zaghaftes Winseln, ein Wimmern und Gejammer. Es tönt fast wie ein Grunzen. Hinter einem Gestrüpp sahen wir sie ...

»¿No son lindos?« Schau Elena sind die nicht süß?

Die Jungs knien nieder und sitzen mitten unter den sechs winzigen, wenige Tage alten Welpen. Knuffig sind die Welpen, die nicht größer als ein Hamster sind. Doch vom Muttertier ist weit und breit nichts zu sehen. Wir schauen uns die Kleinen genau an und es fällt uns sofort auf, dass sie viel zu dicke Bäuche haben. Ich hebe einen Welpen auf meinen Schoss und taste vorsichtig den Bauch ab. Steinhart. Das gefällt mir überhaupt nicht.

»Donde esta la madre de los perros«, frage ich die beiden. Sie zucken nur mit den Schultern und schauen sich an.

»¿Podemos mantenerlos?«, fragende, bettelnde Blicke schauen uns an. Wie sollen wir bestimmen, ob die beiden Knaben diese Welpen behalten dürfen?

Da ist so schon kein Geld vorrätig für das einfache Leben. Nicht für die Schule und dann noch sechs Welpen, die ihre Mutter durchfüttern muss? Können, dürfen wir das verantworten? Lassen wir ihnen Futter und Babyfläschen vor Ort? Schlagen sie sich dann selbst den Bauch voll oder füttern sie die Winzlinge?

Wir können nicht täglich vorbeischauen, nur zwei Mal in der Woche. Wir lassen die Kleinen an ihrem bereits gewohnten Ort. Kann gut sein, dass das Muttertier zurückkehrt. Wenn wir nicht vor Ort wären, würden die Jungs die Hunde so oder so mitnehmen?

Wir fahren rasch zum nächsten ›Kiosk‹, die alles Nötige an Lebensmittel verkaufen. Dort erstehen wir eine große Tüte Reis, Babynahrung in Pulverform und fahren zu Maria und ihren Kindern zurück. Geben Maria den Vorrat für die die nächsten Tage, damit sie und die Welpen gut versorgt sind. Getrost können wir nun unsere Fahrt fortführen.

Beim nächsten Stopp werden unsere Nerven auf eine harte Probe gestellt. Wenn ich jetzt daran zurückdenke, wird mir immer noch übel und eine Wut steigt in mir hoch ...

Die Hundeschar kommt uns wie üblich entgegengerannt. Sie kennen mittlerweile das Motorengeräusch von unserem Pick-up. Normalerweise sind es sechs Hunde, die unseren Wagen und uns überrennen. In unseren Wagen klettern und an uns hochspringen. Heute sind es nur fünf Hunde. Der schöne Schäfermischling fehlt.

Wir betreten das Grundstück, wo die Herrchen der Hunde ›wohnen‹. Eine windschiefe, verrottete Holzhütte mit Blechdach steht rechts vom überwucherten

Zugang zum Vorplatz, wo wir die Hunde zweimal die Woche verpflegen und Wunden behandeln.

Ein tiefes, großes Loch links vom Vorplatz sehen wir sofort. In dieser Grube liegt der noch zuckende, vor sich hin schäumende Schäfermischling. Mir wird übel. Eine unsagbare Wut steigt in mir hoch. Ich kann mich nicht mehr zusammenreißen.

Wir rennen beide auf die Grube zu. Mit vereinten Kräften hieven wir den Schäfermischling aus seiner misslichen Lage. Die ›Herren des Hauses‹ werden angehalten, uns zu helfen. Was die einheimischen Männer unter lautem Gezeter dann endlich auch tun. Mich stetig verfluchend.

Wir haben nur eines im Sinn, dem Hund zu helfen. Alle unsere Bemühungen sind nach zwanzig nicht enden wollenden Minuten vergebens. Der Vierbeiner verendet in unseren Armen.

Ich beginne zu heulen, zu schreien, mit geballten Fäusten möchte ich auf die beiden Männer losgehen. Mein Partner hält mich zurück.

Ich schreie die Männer an: »Was habt ihr nur Grauenhaftes getan? Was seid ihr für Monster? Wie kann man so gefühlskalt sein? Sadisten seid ihr. Mörder.« Ich schreie nicht mehr, ich krächze alles in meiner Muttersprache. Das ist vielleicht mein Glück, denn hätten die Männer alles verstanden, hätten die mich abgestochen.

Endlich reiße ich mich zusammen und frage nur: »¿Por qué?« (»Warum?«)

» El perro ha desgarrado un pollo, por lo que tiene veneno para las ratas. Nadie más que nosotros puede matar a uno de los pollos.« (»Der Hund hat ein Huhn gerissen, also bekam er Rattengift. Kein anderer außer uns darf eines der Hühner töten.«)

»Das ist unsere Nahrung«, redet sich der ältere Herr heraus. Jetzt raste ich wieder aus.

»¿Por qué tienes seis perros? Mantenga los pollos libres? En todas partes tienes alambre de púas en el borde de la propiedad y las gallinas te dejan correr libremente? ¡También hay otros animales que comen pollos! Me gustaría atarlo a una silla, llamar a todos los vecinos y alimentarlo con veneno para ratas para que nadie pueda alimentar a los perros, gatos u otros animales con más veneno para ratas.«

(»Warum müsst ihr denn unbedingt sechs Hunde halten? Die Hühner frei laufen lassen? Überall habt ihr Stacheldraht an den Grundstückgrenzen und die Hühner lasst ihr frei herumlaufen? Es gibt auch anderes Getier, das Hühner frisst! Am liebsten würde ich dich auf einen Stuhl binden, alle Nachbarn herbeirufen und dich mit Rattengift füttern, damit niemand mehr Rattengift an Hunde, Katzen oder andere Tiere füttert!«)

Mein Partner zieht mich am T-Shirt und stupst mich in Richtung Auto.

»Bist du noch ganz bei Trost? Du weißt doch, wenn die Männer etwas Rum oder Bier intus haben, sind sie unzurechnungsfähig. Wie schnell sie ein Messer ziehen oder dich gar mit einer Pistole bedrohen. Wir sind im Armenviertel unterwegs. Du kennst deren Gesetze. Komm, nichts wie weg von hier.«

Rasch steigen wir in den Wagen und fahren unsere übliche Route weiter. Beide sind wir nicht mehr ganz bei der Sache. Was wir sonst mit sehr viel Herzblut tun, fällt uns beiden im Moment sichtlich schwer.

Das Bild von dem sterbenden Schäfermischling verfolgt mich. Die Wut über die eigene Hilflosigkeit, die Entrüstung über einige Hundehalter macht mich rasend. Kann mich nicht auf die Arbeit konzentrieren. Jedes Tier, das wir versorgen und füttern, behandeln wir gleich. Egal ob groß oder klein. Doch in diesem Zustand bin ich dieser verantwortungsvollen Aufgabe nicht gewachsen.

»Es ist besser, wir brechen für heute ab. So helfen wir den Vierbeinern nicht, denn die spüren unsere Nervosität. Unsere Unruhe und unsere miese Laune. Wir fahren besser zurück und verarbeiten das Erlebte«, schlägt mein Partner vor. Ich kann nur nicken und bin froh, dass er sich dazu entschlossen hat.

Schweigend verläuft die Fahrt nach Hause. Esther merkt sofort, dass etwas nicht stimmt, doch sie fragt nicht.

»Siéntate en la terraza, te traeré una taza de café.« (»Setzt euch auf die Terrasse. Ich bringe euch eine Tasse Kaffee.«) Rasch kehrt sie mit zwei Tassen Kaffee zurück und lässt uns wieder alleine. Wir sitzen da und jeder kämpft für sich mit dem grausamen Zwischenfall.

»Machen wir weiter? Geben wir auf? Lernen die Einheimischen je einmal, dass Tiere genauso Schmerz fühlen? Wollen wir die Tiere im Stich lassen?«, fragend blicke ich meinen Partner an.

Er zuckt nur die Achseln und meint ganz sachlich: »Lass uns erst einmal alles verarbeiten.«

Wir kommen dann doch zu dem Schluss, dass wir weitermachen werden. Den Hunden und Katzen zuliebe. Doch wenn wir solche Vorkommnisse mehrmals antreffen, hören wir auf.

Immer wieder treffen wir auf Hunde, die ihr Leben lang gelitten haben. Denen wir nun ein besseres artgerechtes Leben bieten können. Hunde, denen wohl als Welpen ein Halsband umgelegt wurde. Der Welpe wächst, doch die Liebe zum Tier ist auf der Strecke geblieben. Das Halsband ist tief in die Haut eingewachsen. Wie schmerzhaft das für das Tier sein muss, kann man sich lebhaft vorstellen. Das Tier davon zu erlösen, traue ich mir nicht zu. Rasch fahren wir mit dem geplagten Vierbeiner zum Tierarzt, der unter Narkose das Halsband entfernt.

Hunde und Katzen mit Brandwunden, die man aus ›Spaß‹ angezündet hat. Nur Monster, Sadisten sind zu solch einer Tat fähig. Hunde, deren Schädel gezeichnet sind von Messerattacken. Katzen, deren Schnurrhaare abgefackelt wurden.

Gräueltaten, die mir mehr und mehr den Schlaf rauben. Ich kann die Bilder, die ich tagsüber sehe und erlebe, nicht vergessen.

Eine längere Zwangspause ist angesagt. Uns zu liebe.

Unser Trio allein zu Hause

Sind wir bei den Straßenhunden, ist unsere treue Perle, Esther, bis mittags im Haus. Am Nachmittag kümmern wir uns, wenn es nötig ist, um unseren Einkauf.

Auch das muss sein, wir brauchen massenhaft Futter und das nicht nur für die Vierbeiner. Ist es nun besser, bevor wir das Trio alleine lassen, versteckte Kameras auf zu stellen?

Sollen wir auf diese Kontrolle zurückgreifen? Oder vertrauen wir den drei Spürnasen?

Wir verzichten dann doch auf die totale Kontrolle. Doch eine Ansage muss sein. Oder eher eine Standpauke? Bevor die Vierbeiner ins Haus müssen, lassen wir die drei in den Garten.

»Wenn ihr noch müsst, jetzt habt ihr noch Gelegenheit dazu.« Dass das Trio nicht erfreut ist, dass sie nun wieder ins Haus müssen, das beweisen sie uns sofort. Wir können abwechselnd die Namen rufen, keiner macht Anstalten, zu uns zu kommen.

Geduld bringt Rosen oder man nehme eine Leckerei zur Hilfe. Schon bei dem Ersten »Gudi, Gudi« kommen sie alle angedonnert.

»Bonita, Joya, Jacky ... jetzt könnt ihr uns zeigen, was ihr gelernt habt. Jetzt heißt es für euch drei, Haus bewachen. Stellt nichts auf den Kopf. Keine

Möbel anknabbern. Kratzt nicht an den Türen. Hinterlasst bitte keine unangenehmen Spuren, die wir schon im Dorf riechen können,« beschwöre ich die drei.

Der Fernseher wird eingeschaltet, damit wenigstens jemand spricht und sich die drei nicht so einsam fühlen. Mein Partner schüttelt nur den Kopf, sehe aus den Augenwinkeln, dass er mich auslacht. Jeder Hund bekommt zum Abschied noch ein Leckerli bevor wir das Haus verlassen. Ab geht es.

Erst einmal fahren wir auf einen kühlen Drink an den Strand. Danach geht es in den Supermarkt. Wir kaufen ein, als gäbe es morgen nichts mehr, doch in Gedanken bin ich bei unseren Dreien zu Hause.

Ich sehe eine Ruine vor mir, Holzspäne und Kleiderfetzen, die herumliegen werden. Je mehr man sich so etwas einredet und vorstellt, umso eher überträgt sich das auf die Bande zu Hause. Die drei Vierbeiner zum ersten Mal gemeinsam allein zu Hause.

Irgendwie denke ich da sofort an: ›Kevin allein zu Hause‹ Der Kevin war wirklich alleine zu Hause. Bei uns jedoch sind es drei Schlitzohren. Lassen wir uns überraschen. Wird schon schiefgehen, rede ich mir gut zu.

Wir hören die drei Rabauken schon vor der Auffahrt zum Haus.

Dass der Fernseher an ist, wissen wir, was aber da im Haus abgeht, grenzt an ein unüberhörbares spezielles und lautes Hunde-Party-Geräusch. Die Spannung steigt, wir nähern uns und dann?

Ein Gekratze, Gejaule und Gebell, ein Gezeter und das in voller Lautstärke. Unsere Holzeingangstür wird von den Dreien bewacht, gleichzeitig mit deren Krallen behandelt. Haben wir wirklich so durchgeknallte Hunde? Sind das unsere oder haben sie sich kurzerhand Gäste eingeladen?

Die Nachbarn informieren bestimmt in den nächsten Sekunden die Polizei. Ruhestörung! Und wir? Wir sind noch nicht einmal im Haus.

Schlüssel zücken, langsam in das Türschloss stecken, drehen und ganz sacht öffnen. Sofort zurücktreten und sich entweder flach auf den Boden legen und warten, bis sich die Hunde beruhigt haben oder einfach nur auf einen Stuhl setzen und sich begrüßen lassen? Wir befürworten die zweite Version und lassen uns von Kopf bis Fuß auf die Hunde ein. Etwas lädiert sitzen wir mitten im Rudel.

»Lasst uns nun erst ins Haus.« Wie schaffen uns einen freien Weg durch die freudig wedelnden Vierbeiner. Das Eingekaufte muss schnellstens verstaut und gekühlt werden.

Verfolgt von drei Spürnasen oder eher Supernasen, denn in einer Tüte befindet sich Fleisch. In einer anderen das Hundefutter und die Leckerlis.

Endlich sind alle unsere Tüten im Haus auf der Granitablage. Bereit alles zu verstauen. Ich stehe in der Küche. Erst jetzt drehe ich mich langsam Richtung Wohnzimmer. Was ich zu sehen bekomme, verschlägt mir die Sprache. Mit weit geöffnetem Mund stehe ich regungslos da. Keinen Ton, kein Laut bringe ich über die Lippen. Wie es hier aussieht, ist kaum zu beschreiben. So, als hätte eine Silvesterparty mit ungebeten Gästen stattgefunden ...

›Was habt ihr Satansbraten denn nur angestellt? Wer war das?‹, denke ich und möchte es herausschreien ins Wohnzimmer. Doch immer noch kann ich nicht sprechen, nicht schreien und mich bewegen.

Da liegen Kleider von mir herum, Blusen, schöne, ehemals weiße Blusen, deren Knöpfe fehlen oder angeknabbert sind. Hosen liegen da, ohne Knopf. Neue Bettlaken, die zerrissen und in Fetzen zerstreut auf dem ganzen Boden verteilt liegen. Auch diese ohne Knöpfe.

Wie von einem Geistesblitz getroffen, klatsche ich mir mit der flachen Hand an die Stirn. Das kann nur Jacky gewesen sein. Die anderen beiden Hunde sind es aus der Schweiz gewohnt, mal für einige Stunden alleine zu Hause zu sein.

Jetzt zu schimpfen, ihn zu bestrafen ist eh viel zu spät. Einigermaßen gefasst, gucke ich mich weiter um und betrete unser Schlafzimmer. Ich glaub, ich spinne, denke ich angesichts der Katastrophe hier.

Unser Bett steht mitten im Raum. Aus dem Badezimmer her, bis hin zum Bett liegt eine Spur Toilettenpapier, wohin ich auch sehe. Die Füße von unserem Schlafplatz, eingewickelt mit viel, sehr viel Klopapier, als sei es ein Geschenk. Mein schöner Stuhl, der in der Ecke zur Dekoration steht? Wer hat es wohl gewagt sich darauf niederzulassen? Den Kissen, die darauf platziert sind, die Knöpfe abzufressen? Welcher der Verbeiner entwickelt sich zum Knopf-Fetischisten? Meine Vermutung bleibt: Jacky.

Am Tag darauf finde ich einige Knöpfe wieder. Im Garten, dort wo die Hinterlassenschaften von allen drei Hunden herumliegen. Es ist zweifelsfrei, es kann nur Jacky gewesen sein. Urplötzlich habe ich eine neue Geschäftsidee? Es gibt doch diesen teuersten Kaffee der Welt, der Luwak-Kaffee. Kann ich das mit diesen Knöpfen nicht auch auf den Markt bringen? Aus dieser Idee wird wohl nichts, wäre zu schön gewesen. Wer möchte schon eine teure Garnitur aus schlecht verdauten Knöpfen an seiner Kleidung?

Unser Daheim, das im Moment aussieht, als hätte eine Bombe eingeschlagen. Wir mögen ja unsere drei Hunde, geben diese nicht mehr her, obwohl es Zeiten gibt, da würde ich die Vierbeiner am liebsten mit einem Schild um den Hals an den Strand setzen: ›Hilfe, Herrchen und Frauchen benötigen dringend eine Hunde-Pause!‹

Spaß beiseite. Wir lassen unsere Hunde nie im Stich. Egal was auch kommen mag. Sind sie doch die allerbesten Freunde, die ein Mensch haben kann.

Niemand gibt einem so viel, wie ein Vierbeiner. Immer ehrlich, allzeit treu, immer werden wir freudig begrüßt ohne schlechte Launen. Ohne Lug und Trug. Das ist meine Meinung.

Foto und Text Bild: Tanja M Mayer

Ein trauriger Tag

Bereits die Nacht über beschleicht mich ein komisches Gefühl. Irgendetwas liegt in der Luft. Ich spüre, wenn Unvorhergesehenes auf uns zukommt. Warum auch immer, die Nacht und der darauffolgende Tag hat es in sich.

Am Morgen fühle ich mich wie gerädert. Ausgelaugt und unwohl. Wir sitzen gemeinsam beim Frühstück.

»Heute steht nichts auf dem Programm. Wir können also den Tag ruhig angehen«, lacht mein Partner und gießt mir noch eine Tasse Kaffee auf.

»Etwas kommt heute noch. Ich habe ein ganz komisches Bauchgefühl, Schatz«, antworte ich, davon bin ich immer noch überzeugt. Kaum ausgesprochen klingelt das Telefon. Monika ist am anderen Ende der Leitung.

»Habt ihr Zeit für mich? Ich benötige dringend eure Hilfe. In meinem Quartier ist die Hölle los«, jammert sie mit weinerlicher Stimme. Monika wohnt in einem Quartier, in dem fast ausschließlich Einheimische wohnen. Das kleine Dorf liegt hinter Sabaneta.

»Was ist denn los? Wie können wir dir helfen?«

»Am Besten ist es, wenn ihr vorbeikommt. Bringt bitte eure Medizintasche und den Fotoapparat mit«, bittet mich Monika. Selbstverständlich sagen wir zu und machen sofort eine Zeit und einen Treffpunkt aus. Denn in jenem Örtchen kennen wir uns nun gar nicht aus.

Um vierzehn Uhr werden wir bereits von Monika erwartet. Ich sehe sofort, dass sie sich aufgeregt hat. Wir sind noch nicht aus unserem Fahrzeug geklettert, beginnt sie schon wütend zu erzählen.
»Ihr glaubt nicht, was sich heute Morgen zugetragen hat. Ein Mann und sein Sohn haben fünf Welpen, versucht mit einem Stock zu erschlagen. Natürlich habe ich sofort gehandelt. Doch nun will der Mann die Welpen wiederhaben«, sie redet wild durcheinander. Zusammenhangslos und mit zittriger Stimme. Tränen kullern ihre Wangen herunter.
»Wo sind die Kleinen? Wo ist der Mann«, möchte mein Partner wissen.
»Ich zeige euch das gesamte Quartier, denn im Moment sitzen fast in jedem Haus neugeborene Katzen und Hunde, die den Menschen zu viel werden.«
Mit unserer gut bestückten Medizintasche, der Kamera, um Beweisbilder zu knipsen, machen wir uns zu dritt auf den holperigen Weg, durch das enge Quartier. Vorbei an windschiefen Holzhütten, Bodegas und den

gemauerten Häusern der besser Verdienenden. Spüren die neugierigen Blicke, die uns folgen. Hören das Stimmengemurmel, das uns folgt. Mir ist urplötzlich die ganze Situation nicht mehr geheuer.

Dann stehen wir vor einem Hinterhof und sehen die Welpen.

Gerettete Welpen.

»Diese hier konnte ich heute Morgen in Sicherheit bringen, bevor ein älterer Mann ihnen die Ruten kupieren wollte«, zeigt uns Monika sichtlich gerührt die kleinen Würmchen.

Ich glaube zu träumen, stupse meinen Partner leicht in seine Rippen. »Siehst du das rostige Fahrzeug dort bei dem Holzhaus? Kommt dir das nicht auch sehr bekannt vor? Ist das nicht der Wagen, auf dem einst Jacky saß? Oder irre ich mich«, aufgewühlt rede ich auf ihn ein.

Ich bin mir zu hundert Prozent sicher, dass es genau dieses Fahrzeug ist. Die Welpen sehen alle unserem Jacky sehr ähnlich. Ist das der ›Hundeverkäufer‹ von dem wir damals Jacky herhaben?

Nun schauen wir uns die Welpen genauer an, denn deswegen sind wir hier. Verklebte, krustige Augen, von Zecken und Flöhen wimmelt es nur so auf den Kleinen. Einige Zecken können wir mit der Spezialzange entfernen. Gegen das andere Ungeziefer können wir nichts tun. Zu klein sind die Welpen noch. Sie liegen im Kot, der viel zu flüssig ist. Es stinkt nicht nur, nein es lebt. Ich frage Monika, wo denn das Muttertier ist.

»Kommt, aber erschreckt nicht.« Sie führt uns zu einem versteckten Hinterhof. Was wir dort zu sehen bekommen, verschlägt uns die Sprache. Wie können Menschen nur so grausam sein? Warum tun Menschen das den Tieren an? Kurz an einem Pflock angekettet, liegt die Gebärmaschine, das Muttertier etlicher Welpen. Ihr Hals blutet, denn die Kette hat bereits ihre Haut aufgerissen.

Mein Partner löst das Tier von der Kette. Sie muss höllische Schmerzen haben, denn als die Kette endlich aus ihrem Hals entfernt ist, beginnt die Wunde heftig zu bluten.

Das Muttertier kann sich kaum erheben. Wie lange sie sich nicht mehr bewegen konnte, wissen wir nicht. Sie lässt sich kaum anfassen. Will man sie streicheln, zuckt sie sofort zusammen. Ängstlich versucht sie, davon zu robben. Mit Engelszungen reden wir auf die Hündin ein. Um zu sehen, was ihr fehlt, müssen wir sie anfassen können. Vor allem müssen wir ihre Wunden am Hals versorgen. Zu schnell würden sich dort Maden bilden. Mir wird übel bei diesem schrecklichen Anblick.

Fest steht aber, dass die Hundedame nur als Gebärmaschine hier im Hinterhof gehalten wird. Das Gesäuge zum Teil stark verhärtet. Ungeziefer krabbelt auf ihrem Pelz. Gefüttert wird sie, denn die Hündin sieht nicht ausgehungert aus. Medizinisch können wir in diesem Moment nicht viel tun, da sie bestimmt noch Welpen säugt.

»Verlassen Sie sofort meinen Hof. Sie haben hier nichts zu suchen«, schreiend kommt ein uns bekannter Herr, wütend daher gepoltert.

Sich mit diesem Herren auf eine Diskussion einzulassen ist sinnlos. Wir haben Fotos und Monika wird uns immer wieder informieren. Doch nun geht es um die vielen, unterschiedlichsten Welpen, die in verschiedenen Häusern, Hütten, Vorhöfen und Feldern ohne Muttertier verenden werden.

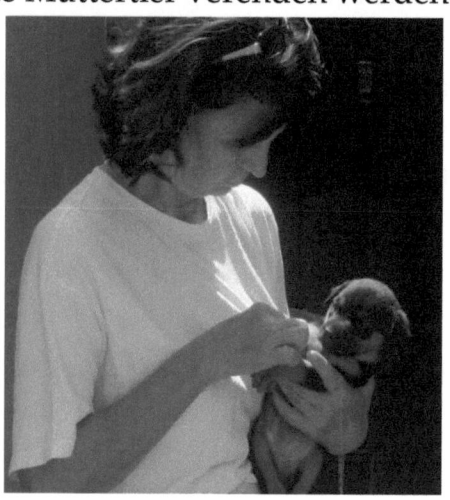

Wir verbringen den ganzen Nachmittag mit Monika und den Findlingen. Nach einigen Telefonaten, mit den Tierärzten, mit denen wir zur Zeit in Kontakt stehen, können wir die Winzlinge in drei Tierarztpraxen unterbringen. Dort sind wir alle sicher, dass die Welpen untersucht und aufgepäppelt werden. Neue Besitzer werden die hübschen Wesen mit Bestimmtheit finden. Den Veterinären erzählen wir die ganze Geschichte. Jeder von ihnen erhält Bilder, die wir vom Muttertier und den Welpen geknipst haben. Unser Haustierarzt verspricht, sich umgehend die Umstände vor Ort anzusehen und zu handeln.

Monika berichtet uns regelmäßig, was in ihrem Quartier vorgeht. Sie und ihr Mann ziehen es vor, umzuziehen, denn seit jener Aktion werden sie von den Einheimischen gemieden und leben in Angst. Sie berichtet aber auch, dass dem Hundehändler das Muttertier enteignet wurde. Wir wissen jedoch alle, dass er nicht lange ohne eine neue Hündin sein wird.

So traurig das ist, wir haben oft das Gefühl, gegen Windmühlen zu kämpfen ...

Sie nennen uns Engel der herrenlosen Tiere

Alles bezahlen wir immer noch aus eigener Tasche. Die Medizin, den Tierarzt, einfach alles. Ohne Spenden. Von vielen Anwohnern im Armenviertel wird unsere Arbeit nun geschätzt. Sie nennen uns Engel. Man lädt uns zu Kaffee ein oder beschenkt uns mit Früchten. Einige vertrauen uns, andere wiederum sehen es nicht gerne, wenn wir den Tieren helfen. Dort werden wir beschimpft. Niemals werde ich einen dieser Hunde vergessen.

Die Nala, die von einem Auto angefahren wurde. Gelähmt ist sie, sagt man, als man uns ruft. Wir fahren hin und schauen uns den Vierbeiner an.

Kein schönes Bild, solche verletzten Tiere zu untersuchen. Blutige, aufgeschürfte, wunde Hinterbeine. Da die Hündin diese immerfort hinter sich herzieht, wenn sie unterwegs ist. Sie liegt nicht nur herum, das kommt mir komisch vor. Wir versuchen erst einmal, die Wunden zu säubern. Was vorerst bei einem Versuch bleibt. Sie schnappt nach unseren Händen, zappelt und winselt, also hat sie anscheinend doch Gefühl in den Beinen.

Geduldig beginnen wir die Verletzte zu bestechen. Leckerlis. Immer wieder bekommt sie von uns Leckerlis. Erst legen wir diese nur in ihre Nähe, damit sie diese ohne Angst fressen kann. Wochen dauert es, bis Nala ganz langsam Vertrauen zu uns schöpft.

Wir sind nun öfters im Bario unterwegs, allein nur wegen Nala. Heute lässt sie es zu, dass mein Freund sie streichelt, ablenkt. Ich kann währenddessen die offenen Wunden behandeln. Wundpuder auf diese Stellen auftragen und mit sterilen Gasen verbinden. Dreimal die Woche schauen wir bei ihr vorbei. Immer mal wieder schnappt sie nach meinen Fingern. Sie muss Schmerzen spüren in den Hinterläufen. Vorsichtig mit einer Bürste, massiere ich ihre Fußballen. Schwierig ist es, bei jedem Besuch ihren Verband zu wechseln. Nala lässt sich nicht mehr so leicht bestechen. Mein Partner probiert alles. Von Hackfleisch, Käse, Sardinen bis hin zu Leberpastete. Bei der Leber wird sie schwach und ich kann mit der Behandlung fortfahren.

Zum Aufbau der Muskeln erhält sie Vitamin B Präparate. Behutsam beginnen wir mit dem Training. Erst das eine, dann das andere Hinterbeinchen bewegen. Ohne Kraftanwendung, ziehen und stoßen. Mein Freund hält den Hund, lenkt ihn ab. Immer wieder wiederholen wir die Übungen über Wochen ...

Ich fasse eines der Hinterbeine und beginne sanft einen Gegendruck zu erzielen. Beginne mit der einen Pfote, dann wieder bewege ich das andere der verletzten

Hinterbeine. Nur fünf Minuten, dann wird Nala unruhig. Wir lassen ihr die Zeit, die sie benötigt.

Immer wieder kümmern wir uns um die aufgeschürften Wunden, in denen sich Sand und Schmutz ablagert. Mücken und Fliegen legen in diese Wunden ihre Eier ab. Rasch bilden sich Maden bei diesem Klima hier. Das möchten wir unbedingt vermeiden.

Also müssen wir aufpassen, nicht das Nala eine Entzündung der blutigen Stellen oder noch Schlimmeres widerfährt. Denn, einmal Maden in einer Wunde, muss man diese täglich reinigen.

Wie es bei einem Rüden vorkam, der unfachmännisch kastriert wurde. Bei ihm mussten wie jede Made mit einer Pinzette herausholen. Danach die Wunde mit verdünntem Wasserstoffperoxid (3%) ausgewaschen. Das möchten wir bei Nala unbedingt vermeiden.

Doch dann, eines Tages, sie hört unseren Wagen und siehe da, sie kommt uns einige Schritte entgegen. Mit steifen Hinterbeinen, doch sie läuft. Den Verband hat sie sich abgerissen. Langsam kommt sie uns entgegen. Ich kann meine Tränen nicht mehr zurückhalten.

Von nun an wartet sie regelmäßig mit den anderen Straßenhunden auf uns. Möchte dazugehören, uns begrüßen. Futter will sie und ihre Medikamente. Sie lässt es zu, dass wir sie weiterbehandeln. Solche Ereignisse geben uns immer wieder die Kraft weiter zu machen.

Wir machen uns auf die Suche nach einem geeigneten Platz für Nala. Sie braucht die tägliche Behandlung, die wir ihr auf Dauer nicht geben können. Ich weiß, dass eine Bekannte von uns, Straßenhunde aufnimmt. Sie lebt auf einer großen Finca mit über fünfzig geretteten Vierbeiner. Am Abend rufe ich Hanne an und trage ihr mein Anliegen vor.

Als Hanne die Geschichte von Nala hört, erklärt sie sich sofort bereit, die Hündin bei sich aufzunehmen.

Anderntags fahren wir mit Nala auf der Rückbank zur Finca. Schon aus der Ferne hört man das Gebell der Vierbeiner. Empfangen werden wir von Mischlingen jeder Größe und Farbe.

Jeder dieser Hunde hat seine eigene Geschichte. Gebrechen, ausgesetzt oder wurden in einem Mülleimer gefunden. Wir finden einen Welpen, den man in ein Feuer geworfen hat. Man konnte ihn retten und zu Hanne bringen.

Diese Frau, wo um Himmels willen nimmt dieses zierliche Frauchen, die auch nicht mehr die Jüngste ist, diese Energie her?

Sie sagt, mein Herz gehört den Hunden, habe genügend Land und Zeit. Den Hunden, die dort leben dürfen, frei und mit Liebe behütet, sind alle sehr glücklich.

Hanne hat es fertiggebracht, durch Spenden aus Deutschland, dass Nala einen Rolli bekommt. Sie rast nun buchstäblich mit den anderen Artgenossen in ihrem neuen Daheim im Gelände herum. Glücklich ist Nala, das ist die Hauptsache.

Der Erlös meiner Bücher geht zum Teil an Hanne, für Futterreis für ihre Hunde. Sie freut sich, etwas Hilfe zu erhalten. Und Nala? Legt sich sofort zu unseren Füssen.

Hut ab vor dir und deiner Arbeit, liebe Hanne. Mein Dank geht an alle, wo auch immer sie sind! In welchem Land auch immer, die so ein großes Herz für Straßentiere haben.

Intelligente Spiele aus Holz

Die Golden-Retriever-Dame Joya, benötigt dringend mehr Beschäftigung. Aus der Schweiz habe ich einen Beutel, in dem man Leckerlis einpacken kann. Ich verstecke den Futterbeutel im weitläufigen Garten. Viel zu schnell findet Joya jedes Schlupfloch. Ob ich den Beutel im Baumgeäst verstecke oder eingrabe, sie findet ihn.

Mittlerweile kennt sie jeden dieser geheimen Orte, jeden Winkel im Garten. Ihre Nase nur Millimeter über dem Rasen, der Erde und läuft in einem großen Kreis. Dieser Kreis wird immer kleiner und zack, trägt sie den Beutel vor unsere Füße.

Wartet, dass ich ihr ein Leckerli aus dem Beutel buhle. Hat sie die Belohnung, schaut sie mich an, als möchte sie sagen: Denk dir mal etwas Neues aus …

Mein Partner hat eine super Idee. Er guckt sich mal im Internet um. Findet Holzspiele für Hunde. Kopfarbeit für Vierbeiner. Diese Spiele aus Holz sind sehr teuer. Dazu kommen die Transportkosten von der Schweiz in die Dominikanische Republik.

»Das kann ich auch selber herstellen. Bin dann mal kurz im Dorf«, und weg ist er. Mein Freund fährt los und kommt mit Holzbrettern zurück nach Hause.

Setzt sich, mit Papier und Bleistift an den Holztisch, auf der Terrasse und beginnt zu zeichnen.

Danach begibt er sich auf den Weg in seine Werkstatt, die eigentlich als Garage für meinen Wagen gedacht war. Ich höre ihn sägen, schleifen, hämmern und wieder schleifen.

Zu gerne möchte ich nur einen Blick in die Werkstatt werfen, doch das lässt er nicht zu.

»Lass dich überraschen. Wenn dann alles fertig ist, rufe ich dich. Dann darfst du gerne alles begutachten. Doch nun lass mich mal machen«, schiebt er mich sanft, aber bestimmt aus der Garage.

Er macht es spannend. Öfters schleiche ich abends in Richtung Garage und möchte hinein. Doch alles ist verriegelt. Keine Chance, zu sehen, was er da alles zusammen bastelt.

Nach Tagen wird meine strapazierte Geduld endlich belohnt. Ich darf das fertige Werk begutachten.

Ein dickes Brett, sechs gleichgroße runde Vertiefungen hat er heraus gefräst.

Die Reste vom Holz in sechs runde Deckelchen, passend zu den Vertiefungen, zurecht geschliffen und kleine Stäbe daran befestigt. So kann man Leckerlis in die Vertiefungen legen, Stöpsel drauf und mal schauen, was Joya kann.

Wir legen Leckerlis in die Vertiefung, stecken die Stöpsel darauf und rufen die schlaue Hündin. Aufgeregt trippelt sie von einem Beinchen auf das andere. Wie sie das Ganze anguckt, man sieht ihr an, wie sie nachdenkt, was sie nun tun soll. Wir lassen sie einfach mal machen und geben nur das Kommando ›suchen‹. Es dauert überraschend schnell bis sie begreift. Riecht die Leckereien, doch wie kommt sie nun da dran? Sie läuft nervös um das Brett, versucht mit der einen Pfote, beginnt zu scharren. Funktioniert nicht. Sie kratzt am Holzbrett, der eine Stöpsel wackelt schon bedenklich. Sofort erkennt sie, dass die Leckerlis in den Vertiefungen versteckt sind und wieder verschwinden. Joya sitzt da und scheint zu grübeln. Nach einiger Zeit passiert es.

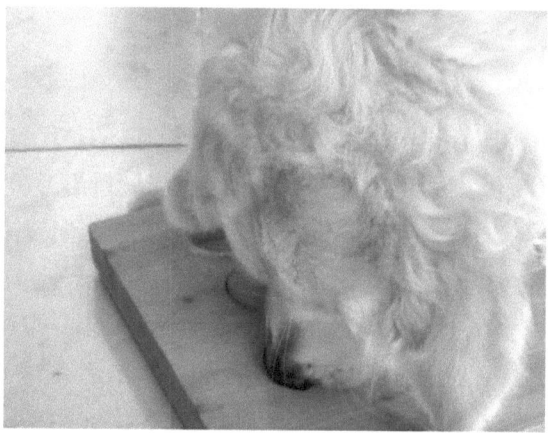

Joya beißt sanft in einen der Holzstäbe und zieht diesen vorsichtig in die Höhe. Das Leckerli kommt zum Vorschein und verschwindet sofort in ihrem Maul. Jetzt hat Joya den Dreh raus.

Stöpsel um Stöpsel nimmt sie vorsichtig zwischen ihre Zähne und legt diese neben das Holzbrettchen. Sie schaut uns mit bettelndem Blick an: Noch einmal bitte ...

Dreimal hintereinander hat sie es in kürzester Zeit geschafft.

Nun darf Bonita das Spiel ausprobieren. Sie haut direkt mit ihren großen Pranken auf das Brett ein, dass die Stöpsel in alle Richtungen fliegen. Na, so war das ja nicht gedacht ... Doch für Bonita zählt nur eines, Leckerlis. So rasch wie möglich die Leckereien zu vernaschen. Speziell für Madame Bonita bastelt mein Partner ein einfaches Spiel.

Eine leere Fünf-Deziliter-PET-Flasche braucht er dazu. Etwa in der Mitte der Flasche bohrt er auf zwei Seiten ein kleines Loch hinein. Ein Holzstäbchen im Durchmesser der Löcher, stößt er hindurch. Leckerlis in die Öffnung fallen lassen, fertig.

Den Stab links und rechts halten und der Bonita hinhalten. Zuerst versucht sie, einfach mit ihrer Schnauze an die Leckerei zu gelangen. Die Öffnung ist viel zu klein. Weder ihre Nase noch ihre Zunge gelangen auf den Grund der Flasche. Bonita sieht die Gudis, doch so klappt das nicht.

Bonita schnuppert und gibt nicht auf, so verfressen wie sie ist. Sie hat Pfoten, die gleichen einer Baggerschaufel. Wenn sie zuschlägt mit ihren großen Pranken, hält nichts mehr. Wenn es mit den Pranken nicht klappt, dann eben mit ihrem Kopf ...

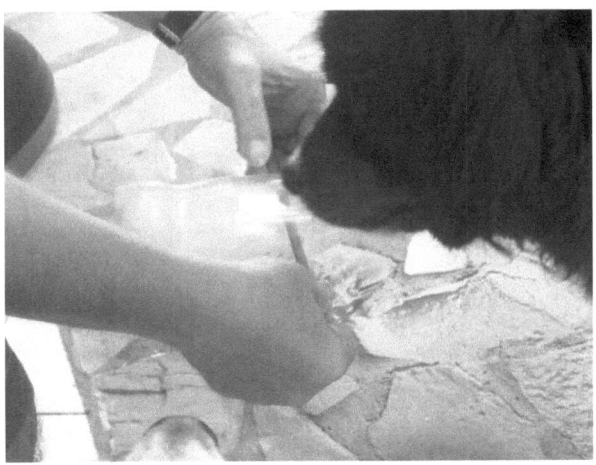

Das Fläschchen dreht sich und ein Leckerli fällt auf den Boden. Jetzt muss sie nur schnell reagieren, das Leckerli auf dem Boden zu erreichen. Zwei andere sitzen wartend da und würden liebend gerne eines dieser Leckereien erhaschen.

Bonita walzt die anderen beiden Hunde regelrecht nieder, erreicht das Leckerli und schnappt sich ihr wohlverdientes Teil, weg ist es. Zurück an der PET-Flasche versucht sie ihr Glück immer wieder.

Nur der eine, der adoptierte, dominikanische Rottweiler, Jacky, er versteht keines der Spiele. Er frisst lieber weiterhin unsere Mangos.

Ein Spiel für das Trio

So schlau manche Hunde sind, gibt es auch Rassen, die benötigen etwas länger, um zu begreifen oder diese Vierbeiner möchten einfach nicht. Denken sich wohl, ich bekomme mein Futter so oder so.

Alle drei sollen sich etwas anstrengen, denn Kopfarbeit tut jedem Hund gut. Was man von vielen Menschen nicht erwarten kann.

Aus der Schweiz haben wir kleine, spezielle Gummibälle für Hunde mitgenommen. Diese Bälle haben ein kleines Loch mit einer Klappe, dort füllt man die Leckerlis hinein. Die Vierbeiner sollen dann den Ball vor sich herschieben. Wenn der Ball rollt, fällt nach und nach etwas zum Fressen hinaus. Auch mit diesen Bällen dürfen sie heute spielen. Nur der Jacky versteht keines der Spiele.

Das Holzspiel möchte er in alle Einzelteile zerlegen. Die PET-Flasche möchte er auffressen. Den Ball können wir noch rechtzeitig in Sicherheit bringen, sonst lägen da jetzt nur noch kleine Gummiteile auf der Terrasse herum. Er frisst weiterhin lieber unsere Früchte. Doch mein Partner gibt nicht auf. Ein neues Spiel muss her. Eines, das für jeden der Vierbeiner, eine wahre Denkarbeit wird. Wieder verzieht er sich in seine Werkstatt und ward nicht mehr gesehen ...

Doch dieses Mal sehe ich, was er zusammenbaut. Die eine Skizze liegt auf dem Wohnzimmertisch und das in Farbe. Ausgedruckt vom Computer. Entweder will er mich veräppeln oder er baut das Teil wirklich.

Er benötigt um einiges weniger Zeit, als beim ersten Holzspielzeug für unsere Vierbeiner. Schon nach vier Stunden kommt er mit dem guten Stück auf die Terrasse. Stolz führt er den Prototypen vor.

»Schau, Ellen, das ist der Unterbau«, zeigt er mir das tellerähnliche Etwas.

»Dieser Teller mit den Vertiefungen, der ist fest. Das Oberteil, in das ich unregelmäßige Löcher ausgefräst habe, setzt man ganz einfach da drauf. Dank der Achse lässt sich das Oberteil ganz leicht drehen. In die Vertiefung legst du die Leckerlis. Die Vierbeiner müssen nun den Dreh hinbekommen. Drehen sie zu schnell, rasen die Leckereien an ihnen vorbei. Es ist Glückssache, dass eine Öffnung genau über der Vertiefung stoppt«, erklärt mir mein Partner den Drehteller.

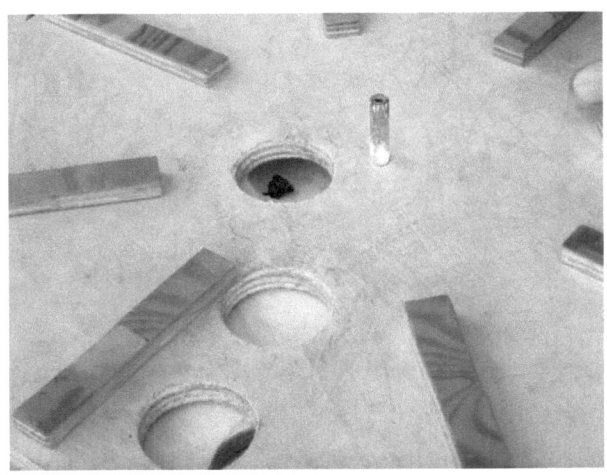

›Versuchskaninchen‹ ist Joya. »Sie, die Intelligente, wird das Spiel im Handumdrehen begreifen«, lacht mein Freund.

Joya, die wenn sie ihren Namen hört, sofort angerannt kommt. Nur zu gerne führt sie Bonita und Jacky vor, wie schnell sie alles begreift.

Sie beginnt umgehend. Kratzt an den aufliegenden Holzleisten, bringt den Teller zum Drehen, kann jedoch kein einziges Gudi schnappen. Nun staunt Joya nicht schlecht, dass die Leckerlis immer wieder verschwinden.

Wir müssen lachen, ob dem stinkwichten Gesicht, das sie macht. Joya studiert, guckt, dreht und erwischt nichts ...

Übung macht den Meister. Nach weiteren Versuchen schafft sie es doch. Sichtlich stolz, blickt Joya zu Bonita und Jacky.

»Eingebildet ist unsere Joya überhaupt nicht«, lacht mein Partner. Sie benimmt sich tatsächlich so wie eine kleine Besserwisserin. Eine Streberin, die von oben herab auf ihre Artgenossen herunterschaut.

Das lassen wir nicht zu. Bonita darf an die Drehscheibe. Bonita setzt ihre Pranken auf den Teller, mit viel zu viel Schwung dreht sich das Oberteil. Ein Glück, dass es nicht abhebt und als UFO durch das Gelände fliegt. Doch nach einiger Zeit schafft es auch Bonita. Jacky? Ihn macht das Spiel nicht an, denn er schnappt sich die Leckerlis, die beim befüllen auf den Terrassenboden fallen.

»Ein cleverer Junge bist du«, lobt ihn mein Schatz.

Waschtag der Hunde

Gezwungener Maßen sind wir schon früh auf den Beinen. Warum? Die Verbeiner lassen mir keine Ruhe.

Pfoten, Pranken und nasse Schnauzen berühren zuerst nur meinen Arm, dann das Gesicht. Werde gewaschen, gestupst und zärtlich gebissen.

Jacky, dieser Macho, er hat sich etwas ganz Spezielles angeeignet. Sein Blick, der mich mit hypnotischer Wirkung durchbohrt. Er knallt seinen schweren Schädel immerfort auf meine Matratze. In dieser Stellung lässt er seinen Kopf nah an meinem Gesicht liegen. Spüre sein Glotzen, als würde er mich berühren. Immer wieder lässt er seinen Kopf mit gewaltiger Kraft auf die Bettkante knallen, so versucht er mich abermals in Trance zu versetzen.

Sagen Sie mir, liebe Leser, wer kann da noch mit gutem Gewissen schlafen? Ich kann mich drehen und wenden, wie ich will, er gibt keine Ruhe. Sein stechender Blick, ich spüre ihn, auch mit verschlossenen Augen. Ich stelle mir vor, wenn ich bewegungslos liegen bleibe, denken die Vierbeiner: ›Frauchen schläft noch‹! Das funktioniert mit einer Ausnahme. Jacky!

Er lässt sich von mir nicht in die Irre führen. Nein, er macht ungeniert weiter und zeigt mir nun sein ganzes Repertoire.

Der dominikanische Allesfresser kann heulen wie ein Wolf. Nun beginnt er damit. Sein Wolfsgesang bringt Fensterscheiben zum Klirren, wenn wir es länger zulassen, dieses Geheul.

Es hilft nichts, ich muss aus den Federn, bevor alle Nachbarn bei uns Sturm klingeln. Zuerst jedoch, werfe ich einen Blick auf die Weckuhr, die auf dem Nachtisch steht.

»Sechs Uhr in der Früh, seid ihr noch recht bei Trost? Mich mitten in der Nacht zu wecken? Lasst mir nur noch fünf Minuten«, versuche ich die Hundebande zu vertrösten. Was bei einem kläglichen Versuch bleibt.

So nutzen wir den Tag und fahren wieder einmal mit dem Rudel an einen Strand. Wir suchen uns einen Ort aus, an dem wir noch nie zuvor mit den Hunden waren. Ob das eine gute Idee ist, wird sich zeigen.

»Dort können die Vierbeiner herumtoben und werden dabei müde«, lacht mein Partner.

Hätten wir vorher gewusst, dass bis vor einem Tag Kühe auf der Weide, die an den Strand grenz, geweidet haben ... Wir wären bestimmt an ›unseren‹ Hundestrand gefahren.

Wer jetzt denkt, dass Joya, Bonita und Jack direkt ans Wasser rennen, der liegt falsch.

Der Kuhdung, der zuhauf auf der Viehweide zu finden ist, zieht alle drei magisch an. Bonita zieht an ihrer Leine und entwickelt die Kraft eines Stieres. Mir fehlt die Körperkraft sie zurückzuhalten. Möchte ich nicht stürzen und mir die alten Knochen brechen, ist es besser Bonita, ihren Willen zu tolerieren.

Klar, dass Joya und Jacky nun der Berner-Sennen-Hündin folgen möchten. Sie könnten doch Wichtiges verpassen.

Die drei Vierbeiner durchforsten die Wiese, auf dem Büsche, Blumen und verschiedene Pflanzen bereits abgegrast sind. Dürres Wurzelwerk, Palmen und Sträucher spenden etwas Schatten. Von den Hunden sehen und hören wir nichts mehr. Verdächtig still sind die drei.

»Komm, wir gehen mal nachsehen, was die Bande alles treibt. Ich traue dieser Ruhe nicht.« Schon spaziert mein Partner in die ungefähre Richtung, wo er die drei vermutet.

Ungern folge ich ihm in meinen Flips-Flops. Ich möchte überhaupt nicht wissen, was da auf dieser Weide so alles herumkrabbelt. Hoffe nur, dass mich nicht irgendein Getier in meine Zehen beißt. Wie ich so diesen Gedanken nachhänge, beginnt es mich an einem Fuß zu jucken und zu brennen. Typisch, immer ich. Bin ich doch aus Versehen in einen Ameisenhaufen getreten. Toll, rote Ameisen. Kenne ich doch ...

Ellen guckt in die Luft, was in der Natur fatale Folgen haben kann. Man geht ja auch nicht in Flip-Flops auf eine Wanderung!

»Wie seht ihr denn aus«, höre ich aus der Ferne die Stimme von meinem Partner.

Hüpfend bewege ich mich in die Richtung, aus der ich seine Stimme vernommen habe.

Zuerst sticht mir Joya ins Auge. Du lieber Himmel, wie sieht denn die Blondine aus? Sie muss sich erst im Kuhdung gewälzt haben, danach hat sie bestimmt einen Abstecher ans nahe Meer unternommen. Im Meer gebadet und ist wieder auf die Weide zu den anderen. An einigen Büschen hat es grüne Pollen, die mit winzigen Häkchen versehen sind. Diese grünen Dinger kleben nun im Fell von Joya vermischt mit Kuhfladenstücken. Ein wundervoller Anblick, der mich meine Juckerei vergessen lässt.

Bonita liegt mitten auf einem Kuhfladen und frisst die restlichen Stücke, die unter ihrem Bauch hervorlugen. Welche Freude ... Und Jacky? Jacky ist auf der Jagd nach Fliegen und anderen Insekten, die immer wieder versuchen, auf Joya und Bonita zu landen.

Es bleibt uns nur eines, ab ins Meer mit den Vierbeinern.

Joya hat wie immer ihren Spaß im Wasser. Wartet auf eine große Welle, die sie wieder an den Strand spült. Mein Freund lässt die Vierbeiner nicht aus den Augen. Was mit drei Hunden einer Zirkusnummer gleicht.

Bonita wird kurz im Meer gewaschen, was sie weiß Gott nicht liebt. Kaum darf sie wieder an Land, trabt sie auf die Weide. Was sie dort macht? Trocken reiben im Kuhdung. Jacky wird nicht gebadet, er lag ja nicht auf der Weide.

Einen Moment nur, passen wir nicht auf. Joya rennt den Walm hinauf mitten durch die Büsche. Im nassen Pelz kleben immer mehr grüne Klebläuse von den Sträuchern.

Vielleicht tragen die Vierbeiner noch einige Sandflöhe mit nach Hause in ihrem Pelz. Jetzt, wo ich mir die Hunde genauer ansehe, möchte ich nur noch nach Hause mit dem Rudel. Ab geht es gemeinsam zum Fahrzeug.

Mein Freund würde sich zu gerne mit dem mitgebrachten sauberen Badetuch trockenreiben. Daraus wird nichts ...

Frech grinsend setzt sich Joya mittig auf das frischgewaschene, trockene Tuch. Nichts wie nach Hause! Dort beginnt nun der eigentliche Bade- und Beauty-Tag ...

Shampoo steht bereit, alte Tücher zum Abtrocknen auch. Die Hunde sehen aus, das kann ich mit Worten kaum beschreiben.

Sand, Kletten, Holzstücken, Blätter und Kuhdung-Reste befinden sich auf deren Fell. Sie stinken und sind einfach nur schmutzig. Denn als wir zu Hause ankommen, drehen sich alle zum Dank für den tollen Ausflug, in der roten Erde in einem frischen Beet im Garten.

Mein Partner holt als erste Bonita in den ›Schönheits-Salon‹ auf der Terrasse. Schlauch an, Wasser marsch, duschen, Shampoo auf den Hund und heftig reiben.

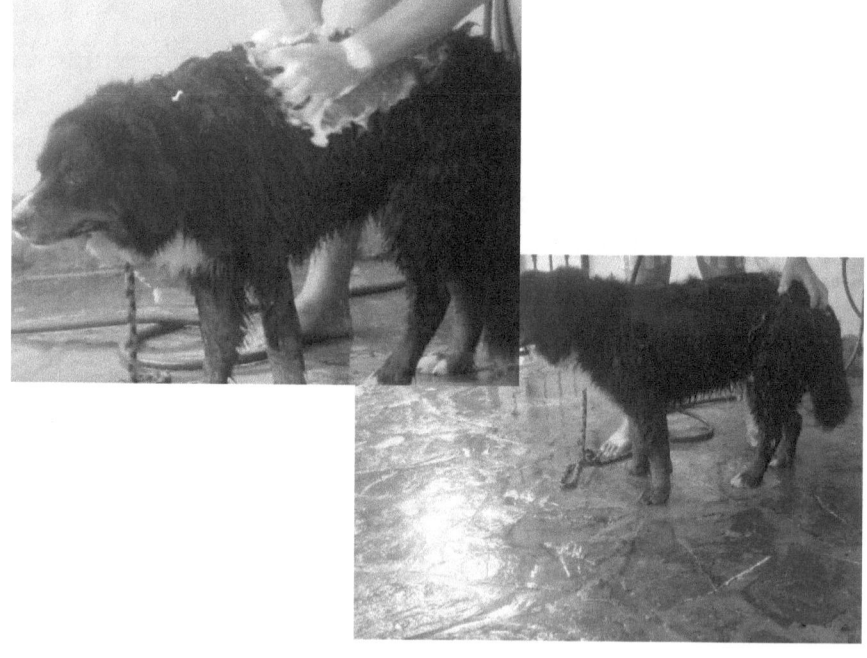

Eine Dreckbrühe bildet sich auf dem Boden. Spülen und weg mit der proper sauberen Bonita. Wo sie hinrennt? Zu mir.

Sie schüttelt sich und irgendwie scheint sie ihren neuen Duft gar nicht zu mögen. Ich, bewaffnet mit dem Handtuch, bekomme so einige Spritzer ab.

Joya, die im Moment von meinem Partner gewaschen wird, ist die Nächste, die ich in Empfang nehmen darf. Sie, der Wildfang, lässt sich kaum abfrottieren. Rasch entwischt sie mir, legt sich auf den Liegestuhl. Dort dreht und wälzt sie sich, bis sie ihren Pelz für trocken genug befindet. Hüpft runter von der bequemen Liege und legt sich auf ihren Lieblingsplatz.

»Alle oder keiner«, lacht mein Freund und hetzt Jacky hinter her. Jackys Wellnessdusche gleicht einem Desaster.

Kaum ist er fertig geduscht, rast er weg, stupst das Gartentor auf und beginnt sich im Rasen zu wälzen, danach muss man noch in den Hunde-Pool um den Gestank vom Shampoo zu entfernen. Toll gemacht, du dominikanischer Hund. Als echter Macho tritt er danach zu Bonita. Stellt sich in Pose, so quasi, du trocknest mir jetzt meinen Luxuskörper. Was Bonita umgehend macht.

»Hat unser Jacky seine Frauen nicht gut im Griff«, lacht mein Schatz. Was meint er wohl damit?

Wie ich das Getue der Vierbeiner so beobachte, verfalle ich wieder in einen Tagtraum.

Hätte ich die Wäschespinne aufspannen sollen? Die Hunde an dieser zum Trocknen an den Ohren daran befestigen sollen? Durch die frische Brise dreht sich die Wäschespinne, wie von Geisterhand. Flauschig wird deren Pelz und an der frischen Luft getrocknet. Die Vierbeiner flattern im Wind. Eine kostenlose Karussellfahrt inklusive.

Ich schüttele meinen Kopf heftig, um die Trugbilder loszuwerden.

Denn manchmal, jedoch nur manchmal, würde ich den einen am liebsten ... Doch das dauert immer nur einen kurzen Moment. Dann, wenn mich diese Augen ansehen, die Ruten sich freudig hin und her bewegt, ist alles vergessen und verziehen.

Vierbeiner und Samtpfoten sind einfach mein Leben. Egal ob ein Rassetier oder ein Mischling. Für mich sind alle Hund und Katzen schön.

Katzen im Garten

Immer öfter verirren sich Katzen in unserem Garten. Warum auch immer die Samtpfoten trotz der drei Hunde sich ausgerechnet unseren Garten aussuchen.
   Joya freut das jedes Mal. Sie liebt Katzen. Vermisst wohl immer noch ihren Tiger aus der Schweiz. Das zeigt sie mir auch umgehend, als an jenem Morgen eine streunende Samtpfote im Garten sitzt. Joya gibt keine Ruhe, sie winselt, blickt mich an und erklärt mir unmissverständlich, öffne mir endlich das Gartentürchen …
   Sie, nur sie allein darf hin zum Kätzchen. Joya robbt buchstäblich in Richtung der Samtpfote. Die Katze merkt von alldem nichts. Sie gaukelt mit den Gräsern, Blumen, übermütig und neugierig spielt sie mit alllem, was ihr unter die winzigen Krallen gelangt.
   Ich beobachte das Schauspiel von der Terrasse aus gut versteckt, damit ich die beiden nicht störe. Joya bewegt sich kriechend immer näher. Das Kätzchen schaut Joya an und beginnt seitlich springend den Vierbeiner zu attackieren. Lustig sieht das aus, weiß die Kleine eigentlich, dass Joya ihr überlegen ist? Oder ist es ein Kampfkätzchen, das sich seiner Schnelligkeit und seiner Krallen bewusst ist?

Joya lässt sich nicht aus der Ruhe bringen. Geduldig legt sie sich hin und wartet erst mal ab. Doch es passiert nichts. Die kleine Katze spielt mit ihr, als sei es das Selbstverständlichste der Welt. So, als würden sie sich schon über Jahre kennen.

Lang hält der Spieltrieb der Katze nicht an. Rasch wird das Büsi sichtlich müde. Legt sich vor die Pfoten von Joya und lässt es zu, gewaschen zu werden.

Bonita interessiert das nicht die Bohne. Sie liegt, wie kann es auch anders sein, auf ihrem Liegestuhl. Jacky hingegen hüpft am Gartentor hoch. Er springt immer höher, sodass ich eine Heidenangst bekomme, dass er auf dem Gartentürchen hängen bleibt. Schon stelle ich mir das Bild vor, wie er auf dem schmiedeeisernen Türchen bäuchlings überhängend zappelt.

Nun beginnt er zu bellen, nein, er heult. Er möchte unbedingt zu seiner Joya. Ich muss diesem Theater ein Ende bereiten. Zu gerne würde ich das schwarz, weiße, kleine Kätzchen adoptieren. Erst müssen sich mein Lebenspartner und ich uns jedoch beraten.

Wie gelange ich nun in den Garten, ohne dass Jacky mich beiseite rammt? Sich an mir vorgedrängt ohne Rücksicht auf Verluste? Normalerweise kann ich ihn mit einem Kauknochen ablenken. Heute gelingt mir das nicht. Zu eifersüchtig ist er. Zu besitzergreifend. Nur mit der Mithilfe von meinem Freund gelingt es, Jacky auf den oberen Teil der Terrasse zu bugsieren. Jedoch immer mit der Angst im Nacken, dass Jacky, von uns nicht beobachtet, in unseren Swimmingpool springt.

So kann das nicht weitergehen. Wir müssen uns dringend beraten. Jeden Morgen von nun an wartet Joya auf das Kätzchen. Kaum sieht sie es, beginnt der ganze Wahnsinn von vorne.

»Was machen wir bloß. Joya liebt den Streuner, Bonita ist nicht gerade erfreut, dass eine Katze sich hier einschleicht. Und Jacky? Jacky würde die Katze durch das komplette Gelände jagen. Eine Hetzjagd veranstalten. Ob er wirklich zubeißen würde, wissen wir doch beide nicht. Wollen wir so ein Desaster zulassen? Ist es nicht der Katze zu Liebe vernünftiger, ihr ein geeignetes Zuhause zu suchen? Was meinst du, Ellen«, ratlos schaut mich mein Partner an.

»Ja, du hast recht. Joya liebt nun mal alle Katzen. Die Kleine im Garten hat bis jetzt nur Glück gehabt, dass sie nie auf die Terrasse gesprungen ist, wenn Jacky oben auf sie gelauert hat. Ich könnte es mir nie verzeihen, wenn es ein Blutbad gäbe. Jacky ist nun mal in seine Frauen vernarrt. Lässt kein anderes Tier, egal wie klein, ob kriechend oder fliegend, auf sein Terrain. Schon gar nicht zu seinem Harem. Es würde zu Eifersuchtsszenen kommen. Jacky ist und bleibt ein Macho der Sonderklasse, der sein Harem beschützt, behütet und nicht mit anderem Getier teilt. Im Bario sind Katzen beliebt, da sie Mäuse, Ratten, Kakerlaken und anderes fangen und killen. Fragen wir doch einfach, wenn wir unterwegs sind.«

Wir finden rasch eine Frau, die das Kätzchen nur zu gerne aufnehmen würde. Jetzt liegt es an uns, die Kleine einzufangen, ohne dass sie erschrickt und auf nimmer Wiedersehen abhaut. Es klappt ganz gut, indem wir eine Transportbox, die von oben zu öffnen und auch zu verschließen ist, aufstellen. Futter in die Box hineinstellen. Es dauert nicht lange, kommt das hungrige Kätzchen und hüpft neugierig in die Box. Nun müssen wir nur schneller sein, als sie. Zack, Klappe zu und fertig. Erst fahren wir die Kleine zum Tierarzt, dass er die nötigen Untersuchungen und Impfungen vornimmt. Danach geht es zur bereits wartenden Frau.

Sie kommt uns strahlend entgegen. Begrüßt uns kaum, denn sie hat nur Augen für ihre Katze. Sie nimmt uns das Versprechen ab, auch ihre Katze immer wieder zu behandeln, wenn wir im Bario sind.

Nur eine ist die ersten Tage nach dem Abtransport der Katze immer wieder auf der Suche. Traurig wartet sie täglich im Garten. Joya liebt nun mal Katzen über alles.

Hunde-Leckerlis selbst gemacht

Mein Partner und ich sitzen zusammen beim Frühstück auf unserer Sonnenterrasse. So schön ist es hier, die Natur zu beobachten. Verschiedene Schmetterlinge in den unterschiedlichsten Farben und Größen, die nur die Natur hervorbringt. Vögel fliegen so nah an uns vorbei, als säßen wir in der Flugschneise oder auf einer Start- und Landebahn. Ohne Scheu setzen die sich auf Wassernäpfe unserer Hunde, um sich dort am Wasser zu bedienen.

Wir beobachten schwarze Ameisen, die an einer Säule vor unserem Haus, einer Autobahn ähnlichen Straße rundherum hoch hinauf wandern.

Oberhalb jedoch, wartet eine hungrige Echse. Der Echse krabbeln die arbeitsamen Leckereien direkt auf ihr Maul zu. Mein Partner stupst mich an.

»Guck dir das an, sieht aus, als säße die Echse in einer Sushi-Bar, sie lässt ihre lange Zunge blitzschnell vorschnellen, schon klebt eine Ameise daran. Die folgenden laufen fast wie auf einem Fließband, Kurven ähnlich hoch. Fast alle landen an der Zunge der Echse.«

Ja, so ist die Natur. Doch auch anderes beobachten wir. Also einfach stillsitzen und genießen.

Unseren Hunden zusehen, wie sie herumspielen. Zur Zeit haben wir ein Vogelnest im Garten. Jungvögel liegen in dem kugelförmigen Geflecht.

Die Vogelmama liebt es überhaupt nicht, wenn die Hunde im Garten herumtollen. Alle Vierbeiner verziehen sich sofort, als der Vogel angreift. Nur der Eine nicht. So kommt es, dass die Vogelmutter immerzu über Jacky herfällt. Sie attackiert Jacky. Fliegt nur knapp über dessen Kopf und möchte nur zu gerne zu picken.

»Die Vögel von Alfred Hitchcock«, lacht mein Freund. Da braucht man keine Zeitung und auch keinen Fernseher, es gibt so viel Schönes, aber wie gesagt, auch unschönes.

Wir pflegen, hegen und verwöhnen unsere Vierbeiner, auch die Fremden, die Straßenhunde. Oft, wenn wir von der Tour im Bario nach Hause kommen, riechen wir wohl für unsere drei wie ›Fremdgegangene‹, untreue, wo doch Joya, Bonita und Jacky uns so treu ergeben sind. Wir müssen einen Duft ausströmen, den die drei nicht unbedingt lieben. Auch wenn wir uns jedes Mal duschen und umziehen, bevor wir unsere Vierbeiner begrüßen.

Fremde Straßenhunde, Rüden und läufige Streunerinnen. Dieser strenge Duft muss uns wohl trotzdem anhängen ...

Natürlich erhalten unsere drei als Belohnung, weil sie so brav Haus und Hof bewacht haben, je einen Kauknochen oder sonst eine Leckerei. Doch hier auf der Insel ist alles, was man für Haustiere kaufen möchte, unsagbar teuer. Solche Einkäufe belasten sehr schnell mal unser Wochen-Budget. Mein Partner hat von einer Bekannten ein Rezept erhalten.

Hundekuchen zum selber backen. Kochen und Backen gehört zu seinem Beruf, zu meinem Glück, muss ich ganz ehrlich zugeben.

Ab geht es, mein Partner fährt zum nächsten größeren Geschäft, um die Zutaten einzukaufen.

Rasch ist er wieder zurück, packt die Einkäufe auf die Küchenablage. Hafer, Hafermehl, Karotten, Hühnerleber, Eier, diverse Kräuter.

Er macht sich sofort ans Werk, kocht die Hühnerleber ab, lässt diese danach abkühlen. Danach mischt er alle kleingehackten Zutaten in einer Schüssel zusammen. Als er beginnt, die Vorbereitungen zu treffen, frage ich nur kurz: »Wie viel von all diesen Zutaten nimmst du denn?«

»Nach Gefühl«, gibt er mir zur Antwort.

Ich sehe ihm zu, wie er den Brei in einen Spritzbeutel füllt und Streifen davon auf einem Backblech, das mit Backpapier belegt ist, aufträgt. In solcher Perfektion, das hätte ich nie hinbekommen. Er schiebt das Kuchenblech in den Backofen. Dort bruzzeln die Teile nun bei 200 Grad.

»Wie lange müssen wir nun warten, bis die Hundekuchen fertig sind«, frage ich neugierig. Denn es duftet schon nach kurzer Zeit lecker.

»Erst backen wir die nun zwanzig Minuten lang bei 200 Grad. Danach noch einmal zwanzig Minuten bei 100 Grad zum Austrocknen. So können wir die Kuchen haltbar machen«, klärt mich mein Freund auf.

So setzen wir uns kurz gemeinsam nach draußen. Müssen lachen, denn der Duft der Hundekuchen-Bäckerei hat auch Bonita, Joya und Jacky angelockt. Sie führen sich auf, unmöglich. Urplötzlich möchten die Spürnasen alle drei ins Haus. Warum wohl?

Da jedoch die Moskitoschutztür geschlossen bleibt, gelingt es den Vierbeinern nicht.

Die Zeit rast nur so dahin und mein Partner muss sich plötzlich um die Backwaren im Ofen kümmern. Hebt das heiße Blech aus dem Ofen und stellt dieses auf die Granitablage. Dort können die Hundekuchen auskühlen.

»Hast du alles in Sicherheit gebracht«, lache ich ihm zu, als er sich wieder zu mir setzt.

»Ja, keine Panik. Erstens ist das Backblech noch sehr heiß, an dem Kuchen würden sich die Vierbeiner die Schnauze verbrennen. Zweitens kommt da kein Hund ran«, meint er gelassen.

So verbringen wir die Zeit im Garten, denn unsere gut erzogenen Vierbeiner, die klauen ja nichts. Nein, das haben sie alle nie gemacht, außer meinen Schuhen und Kleidern, doch vom Tisch, NIE. Bis zu jenem Tag halt eben.

Die noch warmen Leckerlis müssen noch ganz Auskühlen, verströmen jedoch einen appetitanregenden Geruch. Die drei Spürnasen, die uns in den Garten begleiten mussten, sind kaum mehr zu bändigen. Die eine unserer Rasselbande, die Berner-Sennen-Hündin, schleicht auf leisen Pfoten, ohne dass wir etwas bemerken, in Richtung Haus. Wie sie die Moskitoschutztür öffnen konnte, bleibt uns lange ein Rätsel. Bislang hat Bonita noch nie, niemals etwas gestohlen.

Zum Glück muss mein Partner dringend auf ein Örtchen, auf jenes, wo auch jeder König selber hin muss. Er erwischt Bonita auf frischer Tat und ruft mich lauthals zu sich.

»Schau dir mal diese Diebin an. Die hat sich doch sicherlich ihr Maul verbrannt. Guck dir mal an, wie viel sie schon vom Kuchenblech verschlungen hat. Dieser klägliche Rest soll nun für alle drei Vierbeiner für die nächsten Wochen reichen?« Entrüstet macht sich mein Freund von dannen. Gefrustet setzt er sich in den Garten. Ich erwische Bonita nur noch, wie sie, die Diebin, ihre Lefzen leckt und sofort abhaut. Sie legt sich danach gemütlich, wohl um zu verdauen, auf ihren Liegestuhl.

Ich suche meinen Partner und finde ihn auf der Mauer unter den Moringabäumen.

»Sei doch glücklich, dass es der Bonita schmeckt. Wenn sie die Kuchen mag, werden diese Joya und Jacky auch schmecken«, versuche ich ihn aufzuheitern. Von diesem Tag an backt mein Freund in regelmäßigen Abständen Hundekuchen.

Nein, unsere Hunde stehlen nicht. Sie versuchen es, doch wir wissen, wie wir das unterbinden können. Eine Schnur liegt unter dem Kuchenblech. Daran befestigt ist eine leere Blechdose. Bewegt sich das Blech nur um einige Millimeter, fällt die Dose auf die Fliesen. Es knallt und scheppert ...

Sie können noch heute diesen Hundekuchen nicht widerstehen. Für diese Leckerei würden sie alles tun.

Es hat sich bei uns im Quartier bereits herumgesprochen, dass er diese Leckerei herstellt. Ja, ich konnte mein Mundwerk mal wieder nicht halten ...

So kommt es, wie es kommen muss. Für eine sehr gute Bekannte und nur für sie, backt er ab und zu auf Bestellung diese Hunde-Naschereien. Ihre Hunde danken es ihr, wie sie uns immer wieder verrät.

Eines kann ich mit Gewissheit sagen, bei uns ist immer etwas los ...

Mit meinem lieben Partner, unseren Lieblingen, den Vierbeinern, wird es nie langweilig ...

Ohne ein paar Hunde- und Katzen- Haare ist Mann /Frau nicht richtig angezogen.

Nicht jede Hand, die ich mir gereicht wird, hat es verdient, gehalten zu werden, aber jede Pfote ....

Nachtrag

Eine Danksagung geht an meinen geliebten, verstorbenen Mann. In ewiger Erinnerung an einen lieben Mann und Vater, der uns viel zu früh genommen wurde.

Herzlichen Dank geht natürlich an meinen geliebten Sohn, der trotz all den Missständen zu mir hält.

An meinen verständnisvollen jetzigen Lebenspartner.

In Erinnerung an meine geliebte Hündin ›Piggy‹. Eine unvergessliche Hündin. Maudi, Minouche, Fräulein, Tiger und all die anderen Vierbeiner, auch euch kann und will ich nie mehr vergessen. Ganz klar ein Dankeschön an meine Samtpfoten und meine Vierbeiner, die mich immer wieder auf Trab halten.

An meine langjährige Freundin Claudia, ohne die ich oft verzweifelt wäre. Mir mit Arbeit und Ablenkung zur Seite stand in ihrem Hunde-Ferien-Heim ›Chutzewäldli‹.

Meine langjährige Bekannte und mittlerweile gute Freundin Monika Winkemann mit Ihren schönen Laden ›Moni's Hunde und Katzenstübli‹.

Der Kleintierpraxis Med. Vet. Doktor Rüedi in Laupen: Er, der alle unsere Hunde und Samtpfoten gewissenhaft und mit sehr viel Tierliebe, behandelt hat.

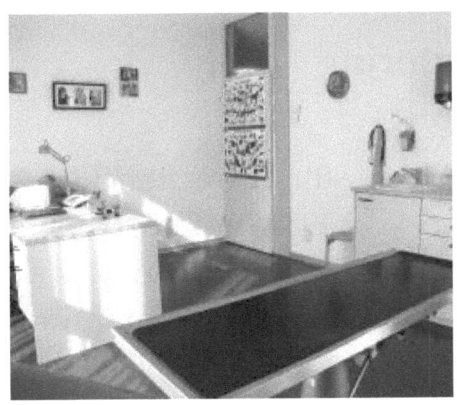

An einige Tierärzte hier auf der Insel.

Der Künstler-und Malerin, die die Hunde- und Katzen-Porträts gemalt hat. Für die persönliche Zustimmung der Benutzung der Cover-Bilder: https://www.facebook.com/Tierportraits-Helga-Fiedler-142694749221340/timeline

Ganz besonders danken möchte ich Hanne Meier für ihr unendlich großes Herz für die Vierbeiner.

Über die Autorin

Ihr allererstes Buch schrieb sie 1983 für ihren Sohn, illustrierte es selbst mit Zeichnungen. Geschichten nur für Ihn.
1986 erhielt sie die Möglichkeit, Kurzgeschichten für verschiedene Katzen - Magazine zu schreiben. Von diesem Moment an spürte sie, dass Schreiben zu einer Leidenschaft wurde. Ellen Rot schreibt ausschließlich reale Geschehnisse aus ihrem Leben. Sie sagt, das wahre Leben schreibt die allerbesten Geschichten.

Am 25. Mai 2015 ergab sich für sie die Gelegenheit bei der Anthologie: » Vergessene Flügel«. Teil 1, mitzuwirken. Sechzig Autoren schreiben gemeinsam einen Thriller.

2015 entstand nach ihrer Auswanderung in die Karibik das Buch:« Die sagenumwobene Insel«.
ISBN 978-3-7386-4399-2
Ellen Rot beschreibt die Karibik, Mythen, Zauber, Kuriositäten, Sehenswürdigkeiten.

2016 das Buch: « Ab auf die Insel mit Sack und Pack».
ISBN 978-3-7392-1193-0
Die ersten Erlebnisse als Zuwanderer auf der Sonneninsel. Heiter, komisch und doch so real wie möglich.

2016 schrieb sie über die Erlebnisse mit Ihren Vierbeinern das Buch: » Meine Freunde auf vier Pfoten«. Teil 1. ISBN 978-3-8423-3657-5
Und Teil 2 ISBN 978-3-7431-1784-6
Erst eins, dann zwei und zum Schluss einen ganzen Haufen ... Tiere.
Sie möchte ihren Lesern ein Lächeln ins Gesicht zaubern, sie aus ihrem Alltag entführen. Ihnen Mut machen, dass mit Humor alles etwas problemloser ist.

http://www.autorin-ellen-rot.info/